Wir kannten uns

RR

René Klammer

Wir kannten uns

Roman

Mit acht Fotos von
Originalschauplätzen

Roland Reischl Verlag

RENÉ KLAMMER
WIR KANNTEN UNS

Umschlaggestaltung, Layout und Lektorat:
Redaktionsbüro Roland Reischl

Bildnachweis:
*Umschlagvorderseite: Jürgen Fälchle / fotolia. Umschlagklappen:
Ellen Eckhardt (vorne); Nicole Weisheit-Zenz (hinten). Innenteil:
Bad Breisig Tourismus- & Wirtschaftsförderungs GmbH (S. 89);
Roland Reischl (S. 19, 45, 54); René Klammer (S. 60, 137); Hartmut
Hermanns (S. 75); Moritz Rothacker / pixelio.de (S. 173).*

Druck:
TZ-Verlag-Print-GmbH, 64380 Roßdorf
Gedruckt in Deutschland 2014

Jegliche Veröffentlichung, auch auszugsweise,
bedarf der Zustimmung des Verlags:
Roland Reischl Verlag, Herthastr. 56, 50969 Köln
Tel./Fax: 0221 368 55 40, Internet: www.rr-verlag.de

© Roland Reischl Verlag, Köln: 2014
Alle Rechte vorbehalten
ISBN 978-3-943580-08-2

I

Ihr Name stand schon nicht mehr auf der Klingel. Ich überlegte, was ich ihr sagen wollte, probierte gerade in Gedanken ein paar Satzanfänge aus, da ging die Tür auf und sie stand vor mir. Eine Yucca-Palme im Arm und kein bisschen überrascht, mich zu sehen. „Die muss ich hierlassen", sagte sie. „Die schwächelt." Woraufhin sie das welke Gewächs im Treppenhaus abstellte und mich begrüßte.

Drinnen fiel mein Blick als Erstes auf ein Aquarell: eine Frau mit Sommerhut auf einer Wiese – so eine Spätsommerstimmung, nach dem Motto: War eine schöne Zeit, aber jetzt kommt der Herbst, zieht euch lieber etwas Wärmeres an! Sie hatte das selbst gemalt. Ich fragte: „Willst du das nicht mitnehmen?" Aber sie guckte sich das Bild an, als würde sie es zum ersten Mal sehen, schüttelte den Kopf und meinte: „Vielleicht hat mein Nachmieter Freude daran."

Ich setzte mich neben das regenbogenfarbene Klappsofa – daneben, weil darauf kein Platz war – und sie verkündete: „Ich hab' ein Geschenk für dich! Leider weiß ich nicht, wo. Hab's versehentlich in einen der Kartons gepackt. Ganz schön clever, was?" Ich sagte, das sei nicht so schlimm, sie könne es mir ja schicken. „Oder ich hole es mir ab. Wir sehen uns ja wieder." Ich wollte das betonen, dass wir uns wiedersehen, selbstverständlich, was denn sonst – und gerade weil ich es betonte, klang es falsch.

„Schick mir auf jeden Fall weiterhin deine Kurzgeschichten, ja?", bat sie und wollte mir ihre neue Adresse aufschreiben, aber sie fand kein Papier, bloß einen roten Filzstift. „Schreib's mir doch auf die Hand", schlug ich vor und streckte ihr die Handfläche hin, aber sie meinte: „Besser auf die andere Seite, sonst verschwitzt du's. Und übertrag's dir zu Hause gleich, solange es lesbar ist." – „Am besten ziehe ich mir die Haut ab und klebe die ins Adressbuch." Darauf teilten wir uns eine Tüte Maracujasaft. Beide tranken wir direkt aus der Tüte, wie damals beim Einzug, als die Gläser noch nicht ausgepackt waren. Und wie damals setzte sie sich auf den Fußboden, mit dem Rücken zur Wand, und lächelte erschöpft.

Ich weiß noch, wie ich mir wünschte, diesen Moment einzufrieren. Noch ist sie da, dachte ich, aber morgen früh, in zwölf Stunden schon, wenn ich das nächste Mal aufwache, ist sie unterwegs in ein anderes Leben.

Ich sah weniger Kisten als beim Einzug. Mit Büchern und Schallplatten nur eine einzige, die meisten ihrer Bücher hatte sie verschenkt. Aus einer Klamottenkiste ragte ein Tennisschläger. Die Kartons sollten vorerst zu ihren Eltern, weil ihr nächstes Ziel bloß eine Zwischenstation sein sollte. Nur die Koffer, die im Flur bereitstanden, würde sie dorthin mitnehmen. Unvermittelt fragte sie: „Wann hast du Geburtstag?", und biss in einen der Kekse, die ich mitgebracht hatte. Ich sagte es ihr. Sie leckte eine schokoladige Fingerspitze ab und hakte nach: „Du bist jünger als ich, oder?" Ich nickte: zwei Jahre.

Hätte ich den ersten Satz gefunden, wäre der Rest vielleicht von selbst gekommen. Wie hoffte ich, sie würde erraten, was in mir vorgeht. Vielleicht hat sie das sogar. Gesagt hat sie nichts. Irgendwann stand sie auf und holte eine Schallplatte, die an einem der Kartons lehnte. „Die hab' ich extra noch nicht eingepackt, damit wir sie nochmal hören können." Sie legte auf und dann sah ich sie da sitzen, lauschend, mit angezogenen Beinen, während das erste Stück begann, knisternd und knackend, und wenn ich jetzt die Augen schließe, sehe ich sie immer noch da sitzen.

Die Platte, die wir an jenem Abend hörten, habe ich mir inzwischen auf CD gekauft – aber auf CD ist es nicht dieselbe Musik. Ich warte immer auf den Sprung am Ende des ersten Liedes, das Knistern und Knacken am Ende der ersten Seite.

Es fiel ihr schwer wegzuziehen, auch wenn sie es nicht zeigte. Es muss ihr schwergefallen sein, denn ich weiß, wie wichtig ihre Freunde ihr waren – auch ihr Bruder, der sich jahrelang auf sie verlassen hatte und den sie nun endgültig zurückließ. Ich weiß, wie gern sie irgendwo verwurzelt gewesen wäre.

Die Musik war zu Ende. Ich stand auf. Ich wusste, dass sie am nächsten Morgen früh rausmusste. Zum Abschied drückte sie mich. Sie umschloss mich und hielt mich ein paar Sekunden. Ich war glücklich in diesem Moment. Und dann sagte sie, so leise, dass ich es fast von ihren Lippen ablesen musste: „Nicht aufgeben, hörst du?"

15 Jahre später laufe ich durch dieselbe Welt mit einer Pampelmuse und einer Flasche Flüssigdünger. Der Dünger ist für die Yucca-Palme – sie mag geschwächelt haben, aber aufgegeben hat sie nicht. Am Morgen nach dem Umzug bin ich in den Müllcontainer geklettert, habe die welkende Pflanze herausgezogen und wieder aufgepäppelt. Seit 15 Jahren pflege ich sie nun. Einmal die Woche gieße ich sie, aber an Katharina habe ich dabei seit Monaten nicht mehr gedacht. Sie zu vergessen, hat Jahre gedauert. Kann sein, dass es mir endlich gelungen ist. Andererseits: Nichts dauert ewig. Nicht einmal das Vergessen.

An der Kasse steht eine attraktive Rothaarige vor mir, mit brechend vollem Einkaufswagen und reizenden Sommersprossen. Gerade will sie ihren Magerquark aufs glitschige Kassenband legen, da vergewissert sich die Kassiererin: „Das Schild haben Sie gesehen?" Nein, hat sie nicht: „Welches Schild?" – „Heute nur Barzahlung!" – „Oh, dann ..." Sie beißt sich auf die Lippen. „Dann haben wir ein Problem." Sie kramt in ihrem Portemonnaie: Stolze zweisiebenundfünfzig kommen zusammen. Die Kassiererin atmet tief durch, beugt sich übers Band und will den ganzen Kram schon in ein Körbchen neben der Kasse schaufeln. Die Rothaarige wirft sich dazwischen: „Für das Knäckebrot hab' ich genug Geld." Das Knäcke rutscht über den Scanner. „Und dann noch den Rettich?" Sie dreht sich lächelnd zu mir um: „Entschuldigung." Ich lächle zurück, ich bin nicht in Eile. Die Kassiererin schüttelt den Kopf: „Mit dem Rettich sind's dreiachtundzwanzig!"

Am Ausgang werden verwaiste Kassenbons zusammengekehrt: Ladenschluss. Mister Minit lässt sein Rollo herunter. Um drei nach acht ist eine Kombination gefunden, die passt: Klosteine und Vanille-Eis. „Aber eigentlich", überlegt die Rothaarige, „brauche ich den Käse dringender als die Klosteine ..." Ihr ist das wirklich peinlich, aber die Kassiererin macht böse Miene zum guten Spiel.

Längst sind wir die Letzten, auch an der Kasse nebenan ist jetzt Schicht, die Kollegin schließt ihr Bares weg. Ihre letzte Kundin, eine wackelige Frau um die 70, verstaut gerade ihr Wechselgeld in der Kittelschürze. Drei Hände bräuchte sie mindestens, um sich und ihren Klaren festzuhalten und das Geld unterzubringen. Ich zucke zusammen, als sie plötzlich nach vorne kippt, aber Mister

Minit ist rechtzeitig zur Stelle. Lächelnd hakt er sie unter, die Alte lädt durch zum Smalltalk: „Nicht wahr, sterben müssen wir alle." Mister Minit antwortet: „Richtig, Frau Bennemann." Offenbar kennt man sich. Die Alte legt nach: „Aber ich bin früher dran als Sie!" Ich kann mir nicht helfen, ich höre da Schadenfreude heraus. „Ach was, Frau Bennemann ...", pariert Mister Minit.

Schon halb draußen bleibt Frau Bennemann stehen, jetzt ohne fremde Hilfe, aber das ist nicht der Grund, warum sie uns alle triumphierend mustert. Frau Bennemann weiß: Natürlich ist sie früher dran. Mister Minit guckt bedrückt. Ein paar Jahrzehnte muss er wohl noch.

Die Kassiererin kriegt von alledem nichts mit, fluchend sucht sie den Barcode auf meiner Pampelmuse. Derweil hebt Frau Bennemann zum Abschied eine fleckige Hand und schlurft aus dem Laden.

Die Pampelmuse ist ein Hochzeitsgeschenk für Tom und Tina. Ich mag keine Pampelmusen, aber ich mag auch Tom nicht besonders. Tina mag ich. Vielleicht ist das der Grund, warum ich Tom nicht mag. Tom sieht gut aus und verdient auch ziemlich gut. Ich weiß wirklich nicht, was er hat, was ich nicht habe. Abgesehen davon, dass er gut aussieht und ziemlich gut verdient.

Die beiden bekommen einen Obstkorb zur Hochzeit: Jeder Gast steuert ein Früchtchen bei, schreibt einen persönlichen Gruß darauf und versteckt im Fruchtfleisch einen 50-Euro-Schein. Ich habe mich für die Pampelmuse entschieden, weil man darauf gut schreiben kann. Eine Kokosnuss wäre mir zu haarig gewesen.

Wenn mich jemand fragt, woher Tina und ich uns kennen, macht mich das immer verlegen. Die Wahrheit ist: Sie ist die Verlegerin meines Kochbuchs. Ich gebe nicht gern zu, dass ich ein Kochbuch geschrieben habe. Es handelt von Spargel – ein Thema, das ich ungefähr so spannend finde wie experimentelle Lyrik. Für ein Kompendium der erotischsten Chili-Rezepte würde ich mich weniger schämen. Aber Tina mag Spargel. Und Tina mag Tom. Ob Tom genießbarer wird, wenn man ihn in Sauce Hollandaise wälzt? Das weiß nur Tina.

Für ihren schönsten Tag haben die beiden ein Boot gemietet. Als ich ankomme, steht Tom im Smoking an Deck und begrüßt die Gäste. Ich hab's schon häufig erlebt, dass bei Hochzeiten bunte Schleifen für die Auto-Antennen verteilt werden oder Fläschchen mit Seifenlauge, damit man der Braut nach dem Jawort lustige Flecken aufs schneeweiße Kleid zaubern kann, aber Tom drückt jedem eine Kotztüte in die Hand. „Das Wetter soll 'n bisschen rau werden", sagt er im Vertrauen, „aber davon lassen wir uns nicht den Spaß verderben, oder?"

Ich gratuliere ihm und kriege sofort einen Rüffel, denn er ist ja noch gar nicht verheiratet, da gratuliert man doch nicht, das bringt Unglück! Gerade ist ein Motorboot vorbeigefahren, da schwankt unser Kahn ganz ordentlich und ich torkle zur Seite. Mein Magen knurrt, ich lächle gierig in die Runde, wo gibt's denn hier die Häppchen? Keiner antwortet, alle halten entweder ihre Hüte oder ihre Frisuren fest und beobachten den Himmel, der sich langsam zuzieht. 20 Leute sind wir bisher, und damit ist das Boot bereits voll. Bekannte Gesichter: Fehlanzeige. Oder etwa doch? Da hinten, ist das nicht ... was macht der denn hier? „Stefan? HE, STEFAN! HU-HU!!" Die halbe Hochzeitsgesellschaft dreht sich zu mir um, auch Stefan. Bloß ist das gar nicht Stefan. „Oh, Pardon", sage ich, „mein Fehler."

Ich habe gehört, dass Tina gerne eine Kutsche gehabt hätte, aber Tom meinte, das Boot sei schon teuer genug, da müsse man Prioritäten setzen. Also fährt Tina im Golf vor. Sie fährt selbst. Wir klemmen unsere Kotztüten unter die Arme, applaudieren, und die Partylöwen unter uns, die Stimmungsprofis, die pfeifen sogar. Dann ist erstmal Sendepause, weil Tina mit ihrem pompösen Kleid und der Schleppe nicht herauskommt aus ihrem Golf. „Hat jemand eine Schere?", ruft der Bräutigam fröhlich.

Nachdem Tom seine Tina aus dem Golf bugsiert hat, verstaut ein kleiner Mann mit Walrossschnurrbart, der die ganze Zeit still bei den Rettungsbooten gesessen hat, die Reste seines mitgebrachten Butterbrotes in der Sakkotasche und begrüßt die beiden an Bord. Das muss der Standesbeamte sein. Standesbeamte haben in Köln immer einen Schnurrbart. Er muss schreien, weil der Wind ziemlich laut durch das Hafenbecken heult, die Segel immer heftiger gegen den Mast peitschen – mehrmals unterbricht er sich, weil die Seiten in seinem Büchlein verblättern. Tom hört die entscheidende Frage nicht und reagiert erst beim zweiten Mal. Was er antwortet, kann ich nicht verstehen, aber der Standesbeamte nickt und Tina sieht glücklich aus, also war's wohl die richtige Antwort. Dann brüllt Tina ein entschlossenes „Ja!" in den Wind, am Himmel zucken Blitze, und der Standesbeamte niest krachend, wie ein Echo entlädt sich direkt danach der Donner. Der Standesbeamte rafft seine Papiere zusammen, schüttelt beiden die Hände und eilt mit zerzauster Frisur Richtung Landungssteg. „Bleiben Sie nicht zur Feier?", fragt Tom. Ohne stehen zu bleiben, deutet der kleine Mann auf die finsteren Gewitterwolken. „Viel Glück!", ruft er. Ich frage mich, ob er das Wetter meint oder Tinas Bund fürs Leben.

Tina klatscht in die Hände, um sich Aufmerksamkeit zu verschaffen: „Die Party kann beginnen!", ruft sie, so laut sie kann, und wirft vor Begeisterung schon jetzt ihren Brautstrauß in die Luft. Eine Frau hechtet hinterher und geht um ein Haar über Bord. Tina weint, bestimmt ist dieser fiese Wind schuld. An Tom kann's nicht liegen, sie hat ihn sich ja ausgesucht. Wir lächeln freundlich – wir alle, die Schaulustigen, schadenfroh Unverheirateten und mitfühlend Verheirateten. Sekt schwappt aus unseren Gläsern, unsere Haare hängen uns ins Gesicht, während wir artig gratulieren. „Lass dich drücken", sage ich zu Tina, aber ich komme gar nicht an sie dran, weil da so viel Kleid um sie herum ist. „Schön, dass du gekommen bist", sagt sie, und das ist nett, auch wenn sie das zu jedem sagt. „Danke für die Einladung", sage ich, weil auch ich nett sein will. An Hochzeitstagen sind immer alle sehr nett zueinander. Das ist anstrengend, aber Tradition.

„Sandra!", ruft irgendwer, und eine junge Frau mit blonder Pagenfrisur zuckt zusammen, „du hattest doch ein Gedicht vorbereitet!" Sandra lässt sich ein bisschen bitten, hier und da wird geklatscht, zwei Leute bilden sogar einen Sprechchor: „Sandra, Sandra!!" Schließlich bläst Sandra die Wangen auf, reckt die Schultern und legt los.

Das Gedicht will sich reimen, aber die Wörter wehren sich. Wörter, die sich nicht reimen wollen, sollte man nicht dazu zwingen. Im Übrigen sind Frauen, die schlecht dichten, genauso klischeehaft wie Männer, die im Feinripphemd vor dem Grill stehen und die Würstchen anbrennen lassen. Im Zweifelsfall ziehe ich eine verbrannte Bratwurst einem schlechten Gedicht jederzeit vor.

Die Frau wird fertig, aber keiner merkt's. Sie lacht nervös, da wird endlich geklatscht. Prompt beginnt es zu regnen.

Wir ziehen in die Kajüte um. Ist gemütlich dort: lerlei Marine-Schnickschnack in den Regalen, Sonnenuntergänge in Neunmaldreizehn an der Wand, und hinten in der Ecke ein paar festgeschraubte Stühle und ein kleiner Tisch, auf dem natürlich keine Salzstangen stehen. Mann, hab' ich einen Kohldampf. Am liebsten würde ich in der Nähe des Ausgangs bleiben, aber die Masse drückt mich einmal quer durch den Raum, noch bevor ich „Klaustrophobie" sagen kann. Für 20 Mann ist es reichlich eng hier. Außerdem steht die Luft, mir bricht der Schweiß aus. Jemand klappt die Bullaugen auf, jemand anderes klappt sie direkt wieder zu, weil es sonst reinregnet. Schwere Tropfen prasseln auf das Kajütendach.

„Macht es euch gemütlich!", brüllt Tom. Ich bin eingeklemmt zwischen einer Eckbank und – ach herrje, der Dichterin! Auf ihrem Kleid bilden sich bereits Schweißflecken, aber abgesehen davon sieht sie erheblich besser aus als sie dichtet. „Wollen Sie sich setzen?", frage ich, denn da passt nur noch einer auf die Eckbank. „Wir können uns ja abwechseln", sagt sie. Heißt übersetzt: Ich möchte gern, bin aber zu höflich, das zu sagen. Selbst Schuld: Ich setze mich. Ein Schweißtropfen läuft mir über die Brille.

Tom drängelt sich vorbei: „Klasse Gedicht", sagt er zu der Dichterin, „können wir das ausgedruckt haben? Ich glaub', ich hab' nicht alles verstanden." Da wird dir auch kein Ausdruck helfen, denke ich. Sandra streicht sich eine Strähne aus der Stirn, wie man das so macht als scheue Dichterin, und erklärt: „Ich schreibe mit der Hand. Aber, klar, ich kann euch das Blatt kopieren." Ich sehe das Blatt vor mir: aus einem Collegeblock herausgerissen und auf den Rand hat sie Rosen gemalt. „Der da", Tom deutet auf mich, „der ist übrigens auch Autor." Dann schnappt er sich ein Kofferradio aus dem Regal und verschwindet wieder. Sandra ist neugierig geworden, „ach?", ich wiegle ab: „Ich hab' ein Kochbuch geschrieben, nicht der Rede wert. Eigentlich verkaufe ich Gießkannen. Das heißt, ich arbeite für eine Firma, die Gießkannen herstellt. Wir beliefern hauptsächlich Baumärkte und Garten-Center. Nicht weiter erzählenswert." Sie streckt mir eine verschwitzte Hand hin, alle Hände hier sind verschwitzt. „Ich bin übrigens die Sandra", sagt sie, und in dem Moment schwingt die Tür zum Deck auf, Regen spritzt herein und der Wind befördert ein paar leere Sektgläser zu Boden: Es ist die Servierkraft, die tropfnass ein großes Tablett hereinträgt. „Ooohh!", machen alle.

„Wie ist denn deine professionelle Meinung?", fragt Sandra. „Sieht lecker aus", sage ich. Sie lacht nervös: „Nein", sagt sie, „zu meinem Gedicht." Ich sage „ach so" und dann lache ich auch – sehr herzhaft, denn so habe ich einen Moment Zeit. „Also, ich bin ja kein Lyriker", weiche ich aus und verfolge aus dem Augenwinkel besorgt, wie schnell sich das Tablett leert. „Insofern bin ich nicht kompetent, Gedichte zu beurteilen." Sie guckt mich mit großen Augen an, und das sind durchaus hübsche Augen. „Aber ich muss sagen", schieße ich nach, „dein Gedicht hat was. Ja, irgendwie hat es mich ... erreicht." Na also, jetzt lächelt sie wieder. Erschütternd, wie bereitwillig man seine Prinzipien über Bord wirft, wenn einen solche Augen anblicken. Dabei ist Literatur ein Thema, bei dem ich eigentlich keinen Spaß verstehe. Andererseits: Wenn die Sache genau umgekehrt läge, wenn sie also hässlich wäre und dafür ihr Gedicht gut, dann würde ich auch ehrlich sagen, ihr Gedicht sei gut. Also habe ich mir nichts vorzuwerfen. „HE!! Könnt ihr mal was rüberreichen von dem Zeug?", rufe ich den Leuten zu, die ungeniert das Tablett plündern.

Jetzt steht das erste Spiel an. Toms Trauzeuge, sein Bruder, hat ferngesteuerte Autos mitgebracht, die Hindernisse umfahren müssen. Wie im Leben halt. Da gibt's ja auch Hindernisse. Tom weist auf diesen Umstand extra hin, weil vielleicht nicht jeder diese subtile Bildhaftigkeit mitkriegt. Leider funktioniert das Spiel hier drinnen nicht, weil die Autos vor lauter Hindernissen gar nicht erst losfahren können. Plötzlich springt Tom auf den Tisch. Durch ein Bullauge direkt hinter ihm sehe ich die Blitze zucken, sie beleuchten ganz hübsch die kahle Stelle an seinem Hinterkopf. „Hört mal her, Leute", sagt er. Wir hören die Wellen gegen das Boot schwappen, den Regen auf die Planken prasseln. Immer wieder donnert es. „Die Ersten wollen uns schon verlassen, habe ich gehört, darum haben wir beschlossen, die Hochzeitstorte jetzt schon anzuschneiden." Auf sein Zeichen wird das gute Stück hereingetragen. Zunächst ist freilich nur der üppige Regenschutz zu sehen, den spitze Finger Zentimeter für Zentimeter entfernen. Das dauert.

„Du hast bestimmt viele Kochbücher zu Hause", sagt Sandra. Wie kommt sie denn darauf? In Gedanken zähle ich nach: „Eins. Ja, genau eins. Von meiner Mutter. Aus der Zeit, als sie die Haushaltsschule besucht hat. Da sind ganz wunderbare Bilder von ekligen Sachen in Gelee drin. Müsste man als Satirebuch neu auflegen!" Sie guckt ratlos. „Aber das Kochbuch, das du geschrieben hast?", fragt sie. „Wovon hast du dich da inspirieren lassen?" Ich erkläre ihr, dass Tina, meine Verlegerin, mir einen Packen Rezepte gegeben hat, die ich bloß noch ordnen und ausformulieren und mit amüsanten Anekdoten spicken musste. „Also weder eine literarische noch eine kulinarische Leistung", fasse ich zusammen.

Die Torte ist enthüllt – und feierlich steigt Tina zu Tom auf den Tisch. Gemeinsam umfassen die beiden ein großes Messer. Ein Dutzend Handys sind in die Höhe gereckt, um diese romantische Szene festzuhalten, aber mit dem Anschneiden dauert es noch, weil die beiden versuchen, dem Schlingern des Bootes gegenzusteuern – etliche Male setzen sie an, bevor das Messer endlich in der Sahne versinkt. Unter staunendem „Ah" und „Ui" werden die ersten Pappteller mit Tortenstücken über die Köpfe hinweg nach hinten gereicht. Leider kann ich Marzipan nicht ausstehen, außerdem hätte ich jetzt lieber etwas Herzhaftes, deswegen gebe ich meinen Teller direkt an Sandra weiter. „Und was machst du so im Leben?", erkundige ich mich. Ihr linker Mundwinkel zuckt. „Ich webe Wortteppiche", sagt sie. Dabei guckt sie so treuherzig, dass ich sicher bin, mich verhört zu haben. „Wie bitte, was für Teppiche?", frage ich. „Wortteppiche", wiederholt sie, „ich bin eine Traumfängerin." Ich lächle – hoffentlich freundlich.

Was sie damit meint: Sie dichtet. Aber das wusste ich ja schon. Mit Sicherheit lebt sie nicht davon, niemand lebt davon. Alle schreiben bloß zum Spaß, aber niemand würde zugeben, dass er bloß zum Spaß schreibt, denn Schreiben ist etwas Identitätsstiftendes, Existenzielles, und man will ja nicht zugeben, dass man trotzdem, obwohl man diese Berufung hat, den Großteil seines Lebens mit einem Bürojob vertrödelt, bloß weil man die Miete zahlen und auf die nächste Hochzeit sparen muss und vom Schreiben allein leider keine Kohle aufs Konto kommt. Wir sprechen also übers Schreiben, Sandra und ich – das heißt, ich schwafle gelehrig und sie klebt an meinen Lippen. Dabei isst sie artig diese Kalorienbombe auf. Ich nutze schamlos aus, dass sie sich mit vollem Mund nicht wehren kann, und ihre Wortteppich-Häkelei betrachte ich als Freifahrschein, meine Eitelkeit zur Schau zu stellen. Schreiben sei eine Sache auf Leben und Tod, erkläre ich ernsthaft. Und zwar, weil es darum geht, seine Stimme zu finden – seine eigene, unverwechselbare Stimme. Etwas erzählen kann schließlich jeder, etwas aufschreiben auch – aber Sätze zum Klingen bringen, etwas so erzählen, wie es kein anderer erzählen kann, das erfordert Entschlossenheit und jahrelanges Training. Man muss bereit sein, immerzu jeden Satz und jedes Wort infrage zu stellen, dem richtigen Rhythmus nachzuspüren, stilistische Stolpersteine unerbittlich zu tilgen. Das ist Arbeit. Arbeit, die man ganz allein auf einem Stuhl in einem Zimmer verrichtet. Wer es richtig macht, wird einsam dabei. Mit dem Kopf durch die Wand zu gehen, ist vergleichsweise vergnüglich.

Sandra fragt: „Hast du sonst noch was veröffentlicht, außer dem Kochbuch?" Das sitzt. „Nichts", gestehe ich. Ob ich was Neues in Arbeit habe. Ich zögere. Dann erzähle ich von den »Brückentagen«. „Oh", sagt sie interessiert, „klingt nach einem Bildungsroman. Auf jeden Fall was Episches, nicht? Eine Familiengeschichte?" Ich schüttle den Kopf: „Nein, Wandertipps. Wandertipps für Brückentage."

Nachdem die meisten Gäste gegangen sind, lässt der Regen nach, endlich können wir die Bullaugen öffnen und Luft hereinlassen. Ich entdecke eine Karte, an die Holzwand gepinnt, mit der Reiseroute, die Tom und Tina ausgeheckt haben: Morgen früh schippern sie den

Rhein herunter Richtung Andernach, Heimatstadt Bukowskis, von wo es nachmittags weitergeht zur Loreley.

Dort steht abends eine Freilichtaufführung der »Zauberflöte« auf dem Programm. Tags darauf werden die beiden dann auf dem Rheinsteig, vorbei an Burg Katz und Burg Maus, heimwärts Richtung Köln wandern.

Die Nacht ist überraschend warm, also klaue ich mir in der Kombüse ein Handtuch und einen Hähnchenschenkel und wische mir zum Mitternachtsimbiss auf Deck ein Plätzchen trocken. Das Fleisch ist längst kalt, aber ich genieße es, komme mir vor wie der Mann mit der eisernen Maske, der aus der Gefangenschaft geflohen ist und nach Jahren der Entbehrung endlich wieder eine ordentliche Mahlzeit bekommt. Der Wind hat sich gelegt, eine sanfte Brise streicht mir um die Nase, die Sterne funkeln und ich muss sagen, dieser Hähnchenschenkel schmeckt verdammt lecker. Ein Typ setzt sich zu mir und beginnt zu reden. So ist das immer, wenn man gerade ein bisschen Frieden gefunden hat: Dann kommt irgendein Depp und muss einem unbedingt was erzählen. Nur zwei

Monate im Jahr arbeite er, den Rest der Zeit sei er auf Reisen, teilt er mir ohne erkennbaren Grund mit, jeden Kontinent wolle er zu jeder Jahreszeit mal bereist haben, er spreche zehn Sprachen und sei sein eigener Herr, frei wie der Wind und niemandem eine Rechenschaft schuldig. Ja, das sagt er tatsächlich so: „frei wie der Wind".

Tina kommt an Deck und stellt sich an die Reling. Ich frage: „Na, bist du glücklich?" Sie lächelt und nickt. „Ja, sehr glücklich", und ich sehe ihr an, dass das stimmt. Sie betrachtet das Wasser, das sich um unser Boot herum kräuselt, hebt ihren Blick zum anderen Ufer, wo vereinzelt Lichter funkeln, dann winkt sie mir zu und verschwindet wieder unter Deck. Richtig gut kennen wir uns nicht, Tina und ich, aber ich mag sie – nicht so, dass ich mit ihrer Hochzeit ein Problem hätte, aber ich weiß: Tina gehört zu den Guten. Der Typ neben mir eher nicht, der quasselt die ganze Zeit ungehemmt weiter, ich höre gar nicht mehr hin, ich knabbere an meinem Hühnchen und versuche, mich zu erinnern, ob ich das kenne – das, was Tina gerade erlebt: einen Moment, in dem alles stimmt, in dem ich guten Gewissens sagen kann: Ja, mein Freund, du hast alles richtig gemacht. Woran ich mich erinnere: Zeiten, in denen das möglich schien – Zeiten, in denen mein Leben übersichtlich war, in denen ich gut reden hatte, weil die Weichen noch nicht gestellt waren. In denen ich es mir leisten konnte, Prinzipien zu haben und keine Kompromisse einzugehen. Damals hätte ich diesem Typen neben mir vielleicht gesagt: Bitte hör auf, das interessiert mich alles nicht, und ich hätte Tina gesagt, du, ich freue mich für dich, aber sei auf der Hut, dein Tom ist beileibe nicht der Traumprinz, für den du ihn jetzt gerade hältst. Und der schönen Sandra hätte ich sagen können: Das Dichten, meine Liebe, das häng mal besser an den Nagel!

Just in dem Moment spaziert Sandra über die Landungsbrücke. Ohne lange zu überlegen, werfe ich meinen abgenagten Knochen über Bord und verkünde: „Warte, ich fahre dich nach Hause!"

Zur Wahl standen »Aura-Tee« und »Lebensfreude«. „Kann man eigentlich auch Resignation aufbrühen?", fragte ich, aber den Gag hat sie leider nicht verstanden. Stattdessen hat sie mir Gedichte vorgelesen. Die habe ich nicht verstanden. Aber ich bin souverän damit umgegangen und einfach eingeschlafen. Sandra hat eine bequeme Couch.

Jetzt sind die Gedichte weg und Sandra auch, vermutlich hat sie sich schlafen gelegt und ihre Schlafzimmertür verplombt. Gegenüber glühen die Dächer, die Sonne geht auf. Mein Tee ist eiskalt. Ich könnte Zucker und Eiswürfel holen und einen Eistee daraus machen, aber auf dem Weg in die Küche beschließe ich, lieber meine Tasse in die Spüle zu stellen und mich zu verdrücken. Halt, vorher gehe ich noch aufs Klo. Ich habe einen langen Heimweg vor mir: Sandra wohnt in der Südstadt, ich in der Nordstadt. Und so früh am Morgen fahren noch keine Straßenbahnen.

Sogar im Bad sieht man, dass hier jemand Kreatives haust: Rings ums Waschbecken hängen Fotos, garniert mit Trockenblumen. Die üblichen albernen Kinderfotos, dazu ein paar Filmstars – für Jack Lemmon gibt's zehn Punkte, aber die muss ich für Richard Gere direkt wieder abziehen. Während ich mir die Hände wasche, fällt mir ein altes Gruppenbild auf, auf dem mir irgendetwas bekannt vorkommt. Mit einem Mal spüre ich ein unbehagliches Kribbeln im Bauch, was freilich daher kommen könnte, dass ich in einer fremden Wohnung bin und in Sachen herumschnüffle, die mich nichts angehen – aber, nein, es liegt an diesem Foto. Den Frisuren und den Klamotten nach stammt es aus den Neunzigern. Aber je länger ich das Bild anstarre, desto sicherer bin ich, dass ich es noch nie gesehen habe. Ich suche ein Handtuch, trockne mir die Hände ab, und lasse die ganze Zeit dieses verflixte Foto nicht aus den Augen – als könnte es sich heimlich verändern, wenn ich einen Moment lang nicht hinsehe. Irgendeine Demo muss das sein, die Leute tragen keine Transparente, nein, aber T-Shirts mit einem Slogan, den ich leider nicht entziffern kann und einem Logo, das mir vage bekannt vorkommt. Schluss jetzt, sonst entdecke ich mich noch selbst in dieser Gruppe!

Während ich in meine Schuhe schlüpfe, ziehe ich in Betracht, Sandra eine Nachricht zu hinterlassen. Aber ich wüsste beim besten Willen nicht, was ich schreiben soll. Ich wünschte, es gäbe irgendeine Gemeinsamkeit, die wir entdeckt haben, oder mir fiele ein Scherz ein, eine geistreiche Bemerkung ihrerseits, an die sich anknüpfen lässt. Fehlanzeige – eine ernüchternde Bilanz für ein erstes Treffen. Höchstens könnte ich schreiben: »Dichte nicht, ich bitte dich«.

Ich habe die Klinke schon in der Hand, da denke ich: Du musst dir dieses Foto nochmal ansehen. Ich lausche, es ist absolut still – Sandra schläft und alle anderen in diesem Mietshaus anscheinend auch. Kein Wunder, an einem Sonntagmorgen kurz nach sechs. Ich schleiche zurück ins Bad, nehme das gerahmte Bild von der Wand und setze mich auf den Klodeckel. Ich gucke mir jedes einzelne Gesicht genau an und eine Person entdecke ich, die könnte tatsächlich Sandra sein, die gleiche Haltung, dasselbe hübsche, selbstgewisse, leere Gesicht. Aber damit ist das Rätsel nicht gelöst. Irgendeine Botschaft steckt in diesem

Bild, ich runzle die Stirn, schiebe mir die geballte Faust unters Kinn und beiße mir auf die Unterlippe.

Draußen zwitschert der erste Vogel, irgendwo rasselt ein Rollgitter. Ich öffne die Klemmen, die den Rahmen halten, weil mir plötzlich einfällt: Vielleicht steht ja was auf der Rückseite? Und tatsächlich: »Mai 1996« steht da. Aha. Und weiter? Nichts.

Anfang 20 sind diese Leute vielleicht, aber ich kenne sie nicht – und nie in meinem Leben bin ich bei irgendeiner Demo mitgegangen. Zu guter Letzt bleibt mein Blick an ihren T-Shirts hängen – ist das nicht ein Pinguin, der da als Logo zu erkennen ist? Noch einmal mustere ich die geheimnisvollen Personen, jeder einzelnen von ihnen sehe ich nun in die Augen. Bis mir eine unauffällig zukniept.

2

Im Mai 1996 war ich auf Abschlussfahrt in Osnabrück. In der Jugendherberge teilte ich mir ein Zimmer mit Ingo, der damals schon Kettenraucher war, und Ralph, der uns mit seiner Zugluft-Paranoia auf die Nerven ging. Außerdem war da noch Axel, der sich im Etagenbett über mir breitgemacht hatte. Er wog gut 90 Kilo und sein ausgeleierter Lattenrost hing dermaßen durch, dass ich mir wie Streichwurst vorkam, die zwischen zwei Toastscheiben herausquillt. Zur Krönung war meine Matratze nicht bloß bretthart, sondern auch gummiert, ich briet im eigenen Saft. Als Walter mit einem Klappbett unterm Arm hereinspazierte und verkündete, bei der Zimmerbelegung habe jemand Mist gebaut, atmete ich auf – und wich freiwillig auf das

Klappbett aus. Leichtsinnigerweise, denn die Matratze des Klappbetts war bunt befleckt und enthielt mehr Staub, als meine Mutter in 20 Jahren von ihrer Tropfkerzensammlung gepustet hat.

Bei den Jungs hatte ich den Spitznamen »Schildkröte« weg. Bei den Mädchen hatte ich überhaupt keinen Spitznamen weg, die ignorierten mich. Während ich mein Bettzeug auf das Klappbett wuchtete, knuffte mich Ingo und sagte: „Hast du eigentlich heute schon was gesagt?" – „Jetzt ja", erwiderte ich. Axel, der komplett in seinem Bettbezug verschwunden war, wollte wissen: „Hast du was gegen uns?" – Ich versicherte: „Nein, wirklich nicht." Ralph meinte: „Ich glaub' aber doch!" – „Nein!", sagte ich, „ich hab' euch gern. Richtig GERN!"

Ingo zündete sich eine Zigarette an, prompt schloss Ralph das Fenster: „Sonst wach' ich morgen mit 'ner saftigen Kopfgrippe auf." Ich wäre jetzt so weit gewesen, mich auf mein Klappbett zu legen, um mich schlafend aus diesem Irrsinn auszuklinken, aber um mich herum wuselte, kramte und qualmte es, sodass an Nachtruhe nicht zu denken war. Ich hörte eine Dose schnalzen, Biergeruch stieg mir in die Nase. Axel sammelte Kleingeld zum Telefonieren und latschte über meine Jeans. „Brauchst gar nicht so zu gucken", blaffte er mich an. „Was legst du die Scheißhose auch auf den Boden?" Wohin hätte ich sie sonst legen sollen? Auf den einzigen Stuhl im Zimmer hatte Axel diverse Betthupferl zu einem kalten Buffet geschichtet. Er knallte die Tür hinter sich zu, endlich mehr Platz, ich atmete auf und musste direkt husten, weil Ingo mich mit seinem Glimmstängel einnebelte. Nicht aus Boshaftigkeit – im Gegenteil, er qualmte extra seitwärts, damit Ralph nichts abbekam. Wie rücksichtsvoll.

Als zwei Stunden später endlich das Licht ausging und meine Klassenkameraden schliefen, war trotzdem noch längst nicht Ruhe: Axel schnaufte, Ingo röchelte, Ralph schmatzte, Walter furzte und blubberte. Einmal wagte ich, das Fenster zu öffnen, sofort fuhr Ralph von seiner Bahre auf und machte es wieder zu. „Nimm bitte Rücksicht, ja?", zischte er ins Dunkle.

Die Stunden vergingen, ich wälzte mich auf meiner Liege, ein paarmal fiel ich in leichten Schlaf, wurde aber sofort zurückgeholt, wenn Ingo anfallartig Luft durch seine verschleimten Bronchien saugte. Bald musste es hell werden. Als draußen die Amseln zu zwitschern begannen, war ich zum Äußersten bereit: Ich kletterte von meinem Klappbett und schob es in den Flur. Ralph stöhnte, ich sei eine Nervensäge. Ich zog in Erwägung, ihn mit seinem Kopfkissen zu ersticken, wollte die Situation aber nicht unnötig komplizieren. Statt dessen beschloss ich, mit meinem Bett auf Wanderschaft zu gehen. Neben der leeren Hausmeisterloge, die nur tagsüber besetzt war, fand ich meinen Platz: Hier war es dunkel, hier war es ruhig. Ich fiel in todesartigen Schlaf.

Gefühlte drei Sekunden später rüttelte jemand an meiner Schulter. Zuerst dachte ich, das passiere bloß im Traum, aber das Rütteln wurde energischer. Mühsam klappte ich die Augen auf, eins nach dem anderen. Da stand ein Mädchen, das ich nie zuvor gesehen hatte – ein wenig älter als ich, mit Rucksack und Sonnenhut – und machte mir Vorwürfe: „Die Tür ist abgeschlossen!" In Zeitlupe richtete ich mich auf. „Äh, wie bitte?"

„Stehen Sie bitte auf? Ich verpasse sonst meinen Zug!" Die Stimme des Mädchens hallte über den ganzen Korridor.

Ich zerstrubbelte mir das Haar. „Ich verstehe nicht ... Was soll ich?" Sie ließ mir keine Zeit, meine Gedanken zu sammeln und einen ordentlichen Satz zu formulieren. Sie schimpfte und stellte Forderungen – und das Einzige, was ich begriff, war: Der bin ich nicht gewachsen.

Sie zeigte mir ihre Taschenuhr, aber ich hatte meine Brille nicht mitgenommen, also konnte ich die Uhrzeit nicht erkennen – ich zuckte mit den Schultern und das brachte sie so richtig auf die Palme: „Mein Zug fährt in 45 Minuten! Lassen Sie sich was einfallen!"

Ich stand auf, mir drehte sich alles, aber vor allem kapierte ich nicht, warum sie der Meinung war, ausgerechnet ich sei der Richtige, um ihr aus der Patsche zu helfen. „Ich könnte einen Schlüssel aus dem Zimmer holen" – ich deutete den Gang hinunter, in Richtung des Zimmers, aus dem Ingos Schnarchen kam –, „aber ob der für den Haupteingang funktioniert? Ich fürchte nicht." Sie wartete nicht, bis ich zu Ende gesprochen hatte. „Also was schlagen Sie vor?", blaffte sie. „Dass ich meinen Zug verpasse? Sehr hilfreich, vielen Dank!"

Ich gähnte, reckte meine Schultern – und plötzlich ging mir ein Licht auf: Hielt die mich vielleicht für den Nachtwächter? „Hören Sie, ich campiere zwar hier neben der Hausmeisterloge, aber ..." Sie beachtete mich nicht mehr. Voller Tatendrang schnappte sie sich einen Stuhl und marschierte zum Fenster. Ich nehme an, sie wollte das Fenster einschlagen – aber dann sah sie ein, dass ihr das nichts brächte: Von hier aus gelangte man lediglich in einen Innenhof. Also drehte sie sich wieder zu mir um, ließ den Stuhl sinken. „Es muss hier doch einen Notausgang geben", sagte sie. „Was ist, wenn ein Feuer ausbricht?" Ich fühlte mit ihr: All ihre Entschlossenheit half ihr nicht weiter. Für den Bruchteil einer Sekunde ließ sie das ein wenig verzweifelt aussehen. Aber sofort hatte sie sich wieder im Griff und ihr ganzer Zorn richtete sich gegen mich: „Sie arbeiten doch hier!"

„Nein."

Sie lüpfte die Augenbrauen. „Nein? Oh."

„Ich bin nur zu Gast. Ich bin geflüchtet wegen ..." Ich nickte in Richtung meines Zimmers – ich brauchte gar nichts weiter zu sagen, das Schnarchen war ja nicht zu überhören.

Zerknirscht guckte sie mich an. „Entschuldigung. Ich dachte, Sie arbeiten hier." Zum ersten Mal fand sie in ihrem blinden Aktionismus die Muße, mir ins Gesicht zu sehen – und grinste, bestimmt sah ich ziemlich zerzaust aus. Abwehrend hob sie die Hände und zog sich zurück. „Schlafen Sie weiter", sagte sie, „süße Träume!" Ich war geneigt, ihr Zynismus zu unterstellen.

Beim Frühstück hatten alle was zu lachen. Gut, ich war mitten in der Nacht aus dem Zimmer getürmt – so weit stimmte die Geschichte. Aber dass nicht ich es gewesen war, der durch gewaltsames Öffnen eines gesicherten Notausgangs den Alarm ausgelöst hatte, glaubte mir keiner. „Deine Soziophobie nimmt alarmierende Ausmaße an", meinte unser Klassen-Nerd, während er sich eine Handvoll Erdnuss-Flips in den Mund warf. Er zeigte mit seinem zusammengerollten Computermagazin auf mich: „Als Einzelgänger wirst du es immer schwer haben. Wir leben in einer Zeit, in der soziale Kompetenz einen hohen Stellenwert hat!" Ich war zu müde, ihm zu antworten. Trotz knurrenden Magens flüchtete ich nach draußen.

Hinter der Herberge gab es einen verwilderten Hof, gesäumt von efeuberankten Wohnhäusern und einer Kapelle. Aus dem Kopfsteinpflaster schossen Unkraut und Gänseblümchen, und in der Mitte des Hofs stand, halb von Sträuchern verborgen, eine Holzbank. Und neben der Bank lag ein Sonnenhut – diesen Hut erkannte ich sofort! Ich reckte den Hals und, tatsächlich, da saß die junge Frau neben der Bank im Gras und döste. Ihr offener Rucksack war umgefallen, irgendwas von Böll lugte heraus, ein paar Broschüren und der »Spiegel«.

Sie wachte auf und blinzelte mich stirnrunzelnd an.

„Du bist noch da", stellte ich fragend fest.

Sie guckt müde und irritiert. „Ja und? Du auch." Wolken verdeckten jetzt die Sonne, auf ihren Armen standen einige Härchen zu Berge. Fast hätte ich gefragt: Hast du wenigstens deinen Zug noch gekriegt? Aber das erübrigte sich wohl. „Also dann ...", sagte ich stattdessen und trollte mich. „Warte", sie rappelte sich auf, „ich bin dir was schuldig. Wegen letzter Nacht. Ich glaube, ich war etwas unfreundlich. Wie wär's mit einem Kaffee zum Wachwerden?" Sie schlüpfte in ihre Stoffturnschuhe. Ich schüttelte den Kopf.

„Oder einer Stadtführung? Ich habe allerdings keinen Schirm zum Hochhalten. Und auch keinen Orientierungssinn. Aber ..." – „Danke. Ich muss zurück."

Gönnerhaft zwinkerte sie mir zu und streckte mir eine braune Papiertüte hin. „Dann nimm wenigstens einen Apfel." Ich hatte Glück, zum ersten Mal heute Morgen: Ich griff in die Tüte und der Apfel, den ich erwischte, war leuchtend-rot und saftig. Sie nahm sich auch einen, polierte ihn an ihrem T-Shirt, auf dem ein Pinguin abgebildet war, und fragte kauend: „Bist du auf Klassenfahrt hier?"

„Mm." Ich kaute mit vollen Backen – der Apfel war so saftig, dass mir Saft übers Kinn lief. Das war mir unangenehm, zumal sie es sofort bemerkte und grinste. „Vorgestern war ich auf der Anti-Castor-Demo", plauderte sie drauflos, während sie an einem Ärmel zerrte, der aus ihrem Rucksack hing. Ein Pullover kam zum Vorschein und flutschte aus dem Rucksack wie ein Gummihandschuh, Böll purzelte in den Staub. „War die denn in Osnabrück?", wunderte ich mich. Ungeduldig runzelte sie die Stirn: „In Gorleben natürlich! Auf dem Rückweg hat mich meine Mitfahrgelegenheit hier rausgeschmissen. Aber das ist doch völlig unwichtig!" Sie klemmte sich den Apfel zwischen die Zähne und zog sich den Pullover über den Kopf, sodass ich kein Wort mehr verstand. Der Pullover war fürchterlich weit, die Ärmel musste sie mindestens viermal umkrempeln, bevor ihre Hände wieder zum Vorschein kamen und sie den Apfel aus dem Mund nehmen konnte. „Etwa nicht?", hakte sie nach. Ich hatte keine Ahnung, wovon sie redete. Sie bemerkte, dass ich auf ihren Pullover starrte. „Der ist von meiner Oma", erklärte sie. „Leider lässt ihr Augenmaß nach. Aber ich mag die Farben."

Nervös spähte ich in Richtung der Herberge: Wenn ich noch länger wegbliebe, würden wieder Suchtrupps ausschwärmen. Ich wollte fragen, was der Pinguin auf ihrem T-Shirt zu bedeuten habe, aber da sie jetzt den Pullover übergezogen hatte und der Pinguin nicht mehr zu sehen war, hielt ich den Mund.

„Resignation ist keine Lösung", stellte meine Bekanntschaft unvermittelt fest. Inzwischen wirkte sie wieder so angriffslustig wie letzte Nacht. „Jeder muss sich beteiligen – auch wenn's lästig ist. Viele denken, wenn sie im Hintergrund bleiben und passiv ihre Zustimmung verweigern, haben sie ihr Soll erfüllt, aber ..." – „Ich muss los", würgte ich sie ab. „He, hab' ich dich gekränkt?", fragte sie mit gelüpften Brauen. „Das war doch nicht auf dich gemünzt!"

„Ich weiß", beruhigte ich sie. Und dachte: im Hintergrund bleiben, vor aktiver Beteiligung scheuen – wie hat sie mich so schnell durchschaut? Ich sagte: „Mach's gut!" Und flitzte los. Sie rief mir hinterher: „Nimm dir noch einen Apfel!" Aber ich reagierte nicht mehr.

Zwei Stunden später stand ich am Fuße des Hermannsdenkmals. Viel lieber hätte ich mir das neu eröffnete Remarque-Museum angeschaut, aber Remarque stand nicht auf dem Lehrplan. Also hatten sie uns in einem Reisebus in den Teutoburger Wald gekarrt, damit eine Fremdenführerin uns vor Ort erzählen konnte, unter welchen Anstrengungen und Entbehrungen dieses Denkmal entstanden war. Fast 40 Jahre lang hatte ein einzelner Mann daran gearbeitet, sein Erspartes, seine Gesundheit, sein ganzes Leben diesem Projekt geopfert. Ich legte den Kopf in den Nacken, schaute Hermann direkt in die Nasenlöcher. Woher hatte der Mann die Zuversicht genommen, dass es diesen Preis wert war?

Mir fiel ein, dass ich meine Zufallsbekanntschaft noch nicht einmal nach ihrem Namen gefragt hatte.

Zwei Wochen später bekam ich Post von ihr.

„Oh, du bist aber früh dran heute!" So hat meine Mutter mich immer begrüßt, wenn ich aus der Schule kam. War ich einmal spät dran, sagte sie: „Oh, du bist aber spät dran heute!" Dann setzten wir uns an den Küchentisch. Mindestens einmal pro Woche gab es Klopse mit heller Soße. „Glaubst du's – ich bin noch gar nicht dazu gekommen, einen Blick in die Zeitung zu werfen", sagte sie gerne, während sie das Besteck holte. Dann fragte sie: „Schmeckt's?", obwohl ich noch nicht mal die Gabel in die Hand genommen hatte. Meist war der Fernseher eingeschaltet, doch selten konnte ich den Sendungen folgen, weil gleichzeitig das Radio lief – was meine Mutter nicht daran hinderte, außerdem noch die Tageszeitung zu lesen und mit der freien Hand ihre Klopse zu zerteilen. Ich beobachtete, wie die zähe, dampfende Leberwurst aus ihren Klopsen quoll.

„Du hast Post bekommen", sagte sie und schob eine Karte über den Tisch. Ich hatte es nicht eilig damit, den Kampf mit meinen Klopsen aufzunehmen, also legte ich die Gabel zur Seite und widmete mich der Karte. Eine Einladung zu einer Podiumsdiskussion, Samstagabend in Bad Breisig: »Atomenergie – ja oder nein?«. Auf der Rückseite stand mit grüner Tinte: »Vielen Dank für den ›Clown‹. Vielleicht sehen wir uns? Liebe Grüße, Katharina.«

Am letzten Abend der Abschlussfahrt war ich in den kleinen Hof hinter der Herberge zurückgekehrt. Unter der Bank hatte ein Taschenbuch gelegen: Bölls »Ansichten eines Clowns«. Es musste ihr aus dem Rucksack gefallen sein. Ich hatte darin geblättert und dabei war ein Lesezeichen herausgefallen: ihre Meldekarte aus der Herberge. So erfuhr ich ihren Namen und ihre Adresse. Sie wohnte in Bad Breisig und war zwei Jahre älter als ich. Ich hatte den »Clown« gelesen und ihr dann mit einem kurzen Gruß zurückgeschickt. Die Postkarte war ihre Antwort.

Ich sah mir die Vorderseite genauer an. Da stand sie unter »Gäste auf dem Podium: Katharina Friedbach, Vorsitzende der Umweltschutz-Initiative Die Grünen Pinguine und Sprachrohr einer jungen Generation«. Ich staunte. „Frederick, Mensch! Die Klopse werden doch kalt." Meine Mutter zog eine Schnute: „Für wen koche ich eigentlich?"

Katharinas Handschrift, mit der Feder schwungvoll in die Karte geritzt, machte mir Mut, meinem Klops den Bauch aufzuschlitzen. Aus seinen Eingeweiden quoll heiße Leberwurst. Meine Mutter findet so was normal, sie kommt aus Rheinland-Pfalz.

Ohne von der Zeitung aufzusehen, fragte sie: „Wer ist Katharina?" – „Ach, jemand aus Osnabrück. Sie war auch in der Jugendherberge." – „Abgestempelt ist die Karte in Bad Breisig." Ich nickte. Was war zuerst da: Mütter oder das Briefgeheimnis?

Meine Mutter seufzte und nahm sich demonstrativ die »Aldi«-Inserate vor. Ich wusste genau, was sie dachte: „Nie erzählst du was!" Häufig klagte sie: „Früher, als du noch im Kindergarten warst, konntest du's gar nicht erwarten, uns zu erzählen, was du am Tag alles erlebt hast." Mit der Gabelspitze schob ich ein paar Kapern an den Tellerrand. „Sie musste zum Bahnhof, aber die Tür war abgeschlossen", erzählte ich schließlich, „und sie dachte, ich wäre der Nachtportier." Meine Mutter ließ einen weiteren Klops auf meinen Teller platschen. „Wer?", fragte sie. Dann bat sie: „Mach die Soße leer, ja? Zum Aufheben lohnt das nicht."

Als ich ankam, waren alle Plätze schon besetzt und auf dem Podium flogen die Fetzen. Ich hatte eine Ewigkeit gebraucht, um herzufinden, nun war ich eine schlappe Dreiviertelstunde zu spät. „Natürlich habe ich keinen gebrauchsfertigen Plan B in der Hinterhand", stellte Katharina gerade fest und ein Vollbart nickte befriedigt. „Aber", fügte sie ruhig an, „das ändert nichts an der Tatsache, dass die Öffentlichkeit hinters Licht geführt wird!" Der Vollbart verdrehte die Augen. Katharina fuhr unbeirrt fort: „Das Endlager ist kein Endlager, wie es fälschlicherweise sogar in der Pressemitteilung zu dieser Veranstaltung genannt wird, sondern ein Zwischenlager. Und um den Müll in den Salzstock umzulagern, bedarf es eines technischen Verfahrens, das bis dato noch gar nicht entwickelt wurde. Ist es nicht so?" Das Publikum klatschte, der Vollbart lächelte überlegen. Ich nutzte den Applaus, um mir einen guten Stehplatz zu suchen, seitlich der Bühne an eine Säule gelehnt.

Katharina hatte ihren Blick auf den Vollbart geheftet und lauschte hoch konzentriert seiner Antwort. „So unterstützenswert ich Ihr jugendliches Engagement auch finde", er musterte Katharina großväterlich, „fürchte ich, Sie lassen sich politisch missbrauchen." Katharina wartete geduldig, bis er ausgeredet hatte, er beklagte „diffuse Ziele und mangelnden Sachverstand", geißelte einige plakative Parolen – beispielsweise seien „Kapitalisten-Schmährufe" hier ja wohl fehl am Platze – aber selbst mir als Laie fiel auf, dass er Katharina in keinem wesentlichen Punkt widersprach.

Die ganze Zeit blieb Katharina reglos sitzen, fixierte den Mann aber, als würden ihm gerade Hörner wachsen. „Wir freuen uns über jegliche Solidarisierung mit unserem Bündnis", erklärte sie schließlich. „Uns geht es nicht um Ideologien, sondern darum, etwas zu verändern." Worauf sie sich zurücklehnte. Wie, so leicht ließ sie ihn davonkommen? Ich war enttäuscht – ich hatte gedacht, jetzt gäb's Saures!

Auch der Moderator hakte nicht nach, er versuchte sich lieber an einem Bonmot. Dann verlagerte sich die Diskussion in den anderen Teil des Podiums, Katharina streckte die Beine aus und faltete ihre Hände im Schoß. Sie trug flache schwarze Schuhe und eine grüne Strumpfhose – ein Blickfang. Noch immer schien sie das

Publikum nicht wahrzunehmen, ihr Blick folgte ausschließlich dem Geschehen auf der Bühne – aufmerksam, aber überraschend zurückhaltend. Nur einmal mischte sie sich noch ein: „Wie können wir erwarten", fragte sie, „dass nachfolgende Generationen, die zufällig auf unseren Müll stoßen, unsere Warnhinweise verstehen? Unsere Hinterlassenschaften werden erst in einer Zukunft unschädlich, von der wir noch gar keine Vorstellung haben! Es geht um den Fortbestand unseres Planeten und wir spielen »Stille Post«."

Der Moderator erhob sich, die Zeit war um. Er gab jedem die Gelegenheit für ein kurzes Schlusswort. Katharina wünschte sich, die Problematik möge „in allen Facetten beleuchtet werden, ehe der Funke des öffentlichen Interesses erlischt". Und sie ermutigte jeden Einzelnen von uns, die Stimme zu erheben: „Es ist immer der Einzelne, der mit seinem Mut Geschichte schreibt." Vorbereitete Sätze, klar, dennoch beeindruckten sie mich. Der Vollbart – PR-Schlumpf in Sachen Kernenergie, so viel hatte ich inzwischen herausgehört – sicherte Katharina schonungslose Offenheit zu, „selbstverständlich". Das Publikum applaudierte, die Diskussionsteilnehmer standen auf und mischten sich unters Volk.

Ich versuchte, mich Katharina zu nähern, aber kaum war sie von der Bühne gehopst, war sie schon umringt von einer Gruppe gut aussehender Typen – Groupies oder »Grüne Pinguine«? Ich stellte mich dazu, gerade wurden die „faden Späße" des Moderators abgekanzelt, auch gewisse „politische Tendenzen" standen auf dem Prüfstand – also doch Vereinsmitglieder, schloss ich daraus, man war mit heiligem Ernst bei der Sache. Plötzlich entdeckte mich Katharina, und es gab nie etwas Schöneres, als von ihr entdeckt zu werden, denn dann leuchtete ihr Blick, ihre Augenbrauen hoben sich und ihr ganzes Gesicht lächelte: „Hey, du bist wirklich gekommen! Das ist ja Klasse."

Ich versuchte sie zu loben, aber Katharina hatte ihr Urteil bereits gefällt: „Es hat nicht gereicht. Ich war einfach zu nervös." Ich sprach die persönlichen Attacken des Vollbarts an, sagte ihr, wie unfair ich die fand. Sie zuckte mit den Schultern: „Warum setze ich mich auch auf diesen Präsentierteller?" Ein besonders schöner Mensch mit Halskette und Löckchen, seinen Pullover um die Schultern geschlungen, merkte an, sie hätte „das mit dem Kapitalismus" vielleicht nicht so überspitzt formulieren sollen. Sie ließ ihn ausreden, dann konterte sie: „Im Kontext dieser Diskussion halte ich diese Aussage immer noch für richtig", und ich dachte: Jetzt klingt sie wieder, als säße sie auf dem Podium. Was für ein Unterschied zu der Frau, die mir in der Jugendherberge Feuer unterm Hintern gemacht hatte! Aber sie war ja noch nicht fertig: „Außerdem, mein Freund, kann ich nur sagen, was meine Meinung ist. – In unserem letzten Positionspapier steht aber was anderes? – Dann setz DU dich doch aufs Podium – plaudere aus deiner Welt und ich sitze gemütlich im Publikum und gleiche das, was du sagst, mit unserer Satzung ab. Mache ich gerne!" Der junge Mann guckte beleidigt. Sie legte ihm eine Hand auf den Oberarm, nahm aber kein Wort zurück. „Gehen wir noch was trinken?", schlug irgendwer vor.

Obwohl ich die ganze Zeit bloß schweigend herumgestanden hatte, fragte mich Katharina, ob ich mitkommen wolle. Ich zögerte, ich wusste genau, dass diese selbstsicheren Experten, mit denen sie sich umgab, eine Nummer zu groß für mich waren. Außerdem fuhr die letzte Bahn Richtung Köln schon in einer Stunde – danach saß ich hier fest. „Klar", hörte ich mich sagen, „warum nicht?"

Zehn Minuten später quetschten wir uns in eine winzige Kneipe im Zentrum von Bad Breisig. „Hey Walter, wie geht's deiner Katze?", fragte Katharina den zauseligen Wirt und bestellte einen Maracujasaft. Die anderen wollten Bier. Walter nickte bedächtig: „besser", und verharrte noch einen Augenblick, sonnte sich in ihrer Aufmerksamkeit. Leider vergaß er darüber, mich zu fragen, was ich trinken wolle. Ich sagte es ihm trotzdem, aber er hörte nicht zu, das passiert mir häufig, und schon schlurfte Walter zurück zur Theke.

Bis halb zwölf saßen wir zusammen, an einem Stehtisch direkt vor einem Fenster, durch das ich den Rhein sehen konnte. Ich wunderte mich über diese Rheinpromenade, die so leer und dunkel war – kaum zu glauben, dass das derselbe Fluss war, der auch durch das grelle, lärmende Köln floss. Kein einziges Mal schaffte ich es, etwas Geistreiches einzubringen. Aber diesmal war das nicht meine Schuld, ausnahmsweise drückte ich ein Auge zu, denn die anderen sprachen über Vereinsaktivitäten, die letzten Sitzungen, geplante Aktionen. Man fachsimpelte, verbuchte den Abend alles in allem doch als Erfolg. Zum Schluss waren noch vier Leute übrig – Katharina und ein gewisser Bernd sowie zwei Mädels, deren Namen ich nicht mitbekommen hatte. Diese vier schienen sich gut zu kennen – offenbar der harte Kern der »Pinguine«. Meine Aufmerksamkeit wanderte, hin und wieder notierte ich im Geiste ein paar Details: Katharina wollte Politik und Psychologie studieren, aber solange sie noch in Bad Breisig wohnte, kriegte sie das mit ihren Nebenjobs und Ehrenämtern nicht unter einen Hut. „Wo arbeitest du denn?", konnte ich dazwischenquetschen. „Abends in einer Kneipe und morgens in einer Bäckerei." Sie zog ein »Was soll's?«-Gesicht: „Keine tollen Jobs. Und die Arbeitszeiten sind eine Katastrophe. Aber besser, als irgendwo an der Kasse zu sitzen. Und was willst du sonst machen hier in der Gegend? Schafe hüten wäre lustig! Außer im Winter natürlich." Sie erzählte, dass ihr Bruder seit ein paar Wochen beim Bund sei, jetzt könne sie „ENDLICH!!" weg, in „eine richtige Stadt" umziehen – zum Beispiel nach Köln, um sich an der Uni einzuschreiben und durchzustarten. Dass ein Ort wie Bad Breisig für diese Frau zu klein war, hatte ich mittlerweile mitgekriegt.

Als ich mich zum Bahnhof verabschieden wollte, sagte Katharina: „Ist der letzte Zug nicht längst weg?" Die beiden Mädels hatten zwar ein Auto, fuhren aber Richtung Koblenz, Bernd bot an: „Ich kann dich in Bonn rauslassen, wenn dir das was bringt", aber Katharina meinte: „Quatsch, der pennt bei mir, ich hab' doch genug Platz", und damit war die Sache entschieden.

Während Bernds Rücklichter in der Nacht verschwanden, folgte ich Katharina durch ein finsteres Seitental, wo die Häuser alt und geräumig waren und die Bewohner früh schlafen gingen.

Es machte mir Spaß, Katharina zuzuhören. Ziemlich gesprächig war sie, aber sie hatte auch etwas zu sagen – was sie grundlegend von den meisten mitteilsamen Menschen, die ich kannte, unterschied. Und sie brachte mich zum Lachen – beispielsweise, als sie erzählte, dass Bernd, seit er seinen Führerschein besaß, alle paar Wochen nach Frankreich zum Einkaufen fuhr und jede Menge Käse, Wein und andere Leckereien mitbrachte: „Aber Entenmägen? Die Pferdewurst mit Senf-Mayonnaise, die hab'

ich ja noch probiert – aber Entenmägen?! Ich bitte dich!"
Die ganze Zeit plätscherte ein Bach neben uns her, bis wir eine Kapelle erreichten und links abbogen. Jetzt waren wir auf einer holprigen Nebenstraße, die bergauf Richtung Wald führte. Katharina stellte mir viele Fragen, aber ich fühlte mich nicht bedrängt, sie wollte wissen, was meine Hobbys seien, was für Ziele ich habe und das schien sie wirklich zu interessieren, vor allem aber respektierte sie, wenn mir keine gescheite Antwort einfiel: Ziele? Keine Ahnung – ich wollte doch bloß irgendeinen Platz im Leben finden und meine Ruhe haben.

„Wieso, das ist doch ein Ziel!", erwiderte sie freundlich. „Das ist sogar ein SUPER Ziel! Wenn du so 'nen Platz gefunden hast, sag mir unbedingt Bescheid!" Ich weiß noch, dass wir in diesem Moment vor ihrer Haustür standen und sie nach ihren Schlüsseln kramte. „Die meisten trotten durch ihr Leben und machen sich keinen Kopf darüber, wo ihr Platz ist. Irgendwann gucken sie sich dann um und wundern sich: Wessen Leben ist das hier eigentlich? Ich glaube, dieses Problem wirst du nicht haben." Wie beruhigend. Aber woher wollte sie das wissen? Wir kannten uns doch kaum.

„Und du?", fragte ich. Sie hielt inne in ihrer Suche nach den Schlüsseln. Sie überlegte kurz, dann kramte sie weiter und erzählte, dass ihr Vater sie schon früh zu Demonstrationen oder irgendwelchen politischen Versammlungen mitgenommen und ihr dabei stets eingeschärft habe, auf der Hut zu sein: „Mal angenommen, wir diskutierten über – was weiß ich, über Faschismus. Ist ja klar, wie man dazu steht. Ich meine, sofern man nicht völlig weich in der Birne ist. Aber mein Vater – verflixt nochmal, wo ist denn dieser Schlüssel? – hat mich immer gezwungen, meinen Standpunkt zu verteidigen. Mich zu rechtfertigen, verstehst du? Und wehe, ich kam ihm mit irgendwelchen Floskeln!"

Endlich fand sie ihren Haustürschlüssel im Münzfach ihres Portemonnaies – triumphierend hielt sie ihn in die Höhe und schloss die altmodische Holztür auf. „Mein Vater ist ein komischer Kauz. Also, 'ne normale Kindheit war das definitiv nicht! Aber ich bin ihm dankbar für alles." Hinter uns fiel die Tür ins Schloss und Katharina knipste das Licht an.

Als Erstes fielen mir die uralten Tapeten auf, als Zweites die mit Plastik abgedeckten Möbel. Bevor ich fragen konnte, was es damit auf sich hatte, plauderte sie schon weiter: „Als Kinder haben wir oft im Wald gespielt, mein Bruder und ich. Wir haben uns versteckt und uns Höhlen und Hexenhäuser gebaut."

Während sie erzählte, sammelte sie Post vom Flurteppich und überflog die Umschläge. „Wir hatten keine Uhr dabei und sind immer erst heimgegangen, wenn's dunkel wurde. Stell dir das vor: als Kind im Dunkeln im Wald! Natürlich haben wir uns gegenseitig Gruselgeschichten erzählt, damit's noch unheimlicher wird." Sie stieß auf eine Postkarte: „Oh, Silke in Spanien? Hat sie gar nichts von erzählt! Wir waren doch letzten Samstag noch tanzen." Sie zuckte mit den Schultern, „hm!", steckte die Karte an den Kommodenspiegel und legte die übrige Post auf einen bedrohlich schwankenden Stapel im Nebenraum – das Arbeitszimmer ihres Vaters? Immer zwei Stufen auf einmal nehmend, stieg sie vor mir die knarzende Holztreppe hoch. „Aber mittlerweile bin ich so abgeklärt! Wenn ich nachts von Freunden zurückkomme, nehme ich selbstverständlich die Abkürzung durch den Wald – macht mir überhaupt nichts aus. Wenn's im Unterholz knackt, dann weiß ich: Das ist kein

Gespenst, sondern bloß ein Marder, der nicht schlafen kann. Worauf ich hinaus will: Man gewöhnt sich an alles. Aber man DARF sich nicht gewöhnen! Das ist das Geheimnis, glaube ich. Man muss wach bleiben und seinen Platz im Leben verteidigen." Im ersten Stock blieb sie kurz am Fenster stehen. Beiläufig pustete sie Staubflocken von den Blättern einer Yucca-Palme, zog ein ausgebleichtes Rollo herunter, dann stiegen wir weiter – bis ins Dachgeschoss.

Ich fragte mich, ob sie bloß deswegen so viel redete, weil ich so schweigsam war? Ob sie meinte, mich unterhalten zu müssen? Ich erzählte, ich sei in Pesch im Kölner Norden aufgewachsen – weniger, weil ich das berichtenswert fand, sondern eher, um überhaupt etwas zu sagen. „Da gibt's keine Gruselwälder, das ist einfach nur ein hässlicher Vorort. Da bist du völlig abgeschnitten und naturnah wohnst du trotzdem nicht." – „Du, wenn du nach Bad Breisig umziehen willst", juxte sie, „kann ich dir vielleicht 'ne Wohnung vermitteln! Ich hab' läuten hören, hier wird bald was frei."

Als wir das Dachgeschoss erreicht hatten, sagte sie: „Ta-ta!", und schmiss ihre Schuhe in eine Ecke. Offenbar führte sie hier ihren eigenen Haushalt, komplett mit Bad und Küche. Sie ließ mich einen Moment allein, um mit ihrem Freund zu telefonieren. „Hubert wohnt im Allgäu", erklärte sie, „auf dem Hof seiner Eltern", während sie mit der einen Hand das Telefon hielt, mit der anderen die Nummer wählte, den Hörer an die Schulter geklemmt, und gleichzeitig mit dem Fuß die Tür zum Nebenzimmer hinter sich zuschob.

Katharina schien keinen Kleiderschrank zu besitzen. Zumindest stapelten sich ihre Klamotten auf dem Fußboden, wobei eine besondere Vorliebe für Hüte und bunte Strumpfhosen erkennbar war. Ihr Bücherregal war ähnlich bunt: Bildbände aus der Arktis standen neben dem gesammelten Schopenhauer, die Verfassung der DDR war ebenso vertreten wie ein paar handfeste Krimis. Eine eigentümliche Mischung, jedenfalls nicht der übliche Schullektürenquerschnitt.

Mein Blick fiel auf eine Schallplatte, die an einem Hutständer lehnte: »Jackson C. Frank«. Bis heute erntet man, wenn man im Laden nach dieser Platte fragt, nur leere Blicke – ich habe außer Katharina nie jemanden getroffen, der ein Exemplar besaß. Katharina kam zurück, barfuß jetzt: „Keiner da, wahrscheinlich ist er schon zur Arbeit." Ich stellte Jackson C. Frank vorsichtig wieder hin, „genau das Richtige für Kerzenlicht", bemerkte ich. „Wie, du kennst die Platte?", fragte sie überrascht.

Abrupt verkündete ich, dass ich jetzt gehen müsse. „Wir kennen uns ja kaum und ich will dir nicht zumuten, einen Fremden zu beherbergen." – „Unsinn!" Ihre gekräuselte Stirn zeigte: Die Sache ist entschieden. Diese gekräuselte Stirn sollte ich noch oft zu Gesicht bekommen. „Wo willst du denn schlafen? Unter einer Brücke? Hier gibt's gar keine Brücken!" Sie räumte die Zeitschriften und Bücher vom Sofa, damit ich mich setzen konnte. „Nebenfiguren", stellte sie unvermittelt fest, „hinterlassen immer den tiefsten Eindruck, findest du nicht?" In dem Moment hatte sie irgendwas von Dürrenmatt in der Hand. „Das ist in Büchern so und im Leben auch." Dann stapelte sie alles, was sie vom Sofa geklaubt hatte, auf einen Teetisch und knipste eine Stehlampe an. Erste Regentropfen platschten auf das schräge Dachfenster. „Und weißt du warum? Weil du über Nebenfiguren nie genug erfährst. Sie hüten ihre Geheimnisse!"

Ich zuckte mit den Schultern. „Wer sagt denn, dass sie Geheimnisse haben? Sie sind einfach nicht interessant genug, um im Mittelpunkt zu stehen." – „Darüber entscheidet einzig und allein deine Fantasie! Das ist ja das Schöne. Warte einen Augenblick ..." Wieder verschwand sie im Nebenraum. Irgendwas rumpelte, klirrte, dann rief sie rüber, ob ich Käsekuchen wolle: „Ein Freund hat den gebacken. Extra für mich – wahnsinnig lieb! Leider hasse ich Käsekuchen." Ich rief zurück: „Ich mag Käsekuchen." Also brachte sie mir eine Jumboportion, für sich hatte sie ein Glas Milch geholt. Sie stellte mir den Teller auf die Knie. Über meinem Kopf gewitterte es. „Wieso", fragte ich, „kannst du erst jetzt wegziehen, wo dein Bruder beim Bund ist?"

Ein oder zwei Sekunden lang sah sie mich überrascht an, dann sank sie lächelnd in einen knarzenden Korbsessel. „Du bist ein aufmerksamer Zuhörer." Ihre Beine winkelte sie an. „Das Haus gehört meinem Vater. Wäre ich weggezogen – ich fürchte, die beiden allein, die hätten am Rad gedreht." Den Kopf hin- und herwiegend, ergänzte sie: „Männer unter sich ... Na ja. Also bin ich geblieben und hab' mit am Rad gedreht." Sie nippte an ihrer Milch. „Aber Brüderchen macht jetzt einen auf Soldat und Papa ist sowieso kaum noch hier. Also wird es Zeit, dass ich loslege mit meinem Leben." Wo ihre Mutter steckte, fragte ich mich. Aber genau in dem Moment musste ich gähnen. Ich presste die Kiefer zusammen, so fest ich konnte, weil sie nicht denken sollte, ich langweile mich. Ehe ich meine Frage stellen konnte, sprach sie schon weiter: „Ich würde gerne ein Jahr nach Afrika gehen. Oder nach Australien. Herumreisen und arbeiten und die Leute kennenlernen. Aber ich weiß nicht, ob ich den Mut dazu habe."

Über diese Aussage wunderte ich mich – ich nahm an, dass sie kokettierte, also traute ich mich zu erwidern: „Kann ich mir kaum vorstellen, dass dir der Mut zu irgendwas fehlt." Das Kompliment schien sie zu ärgern: „Wieso, du kennst mich doch gar nicht!" Mir wurde heiß. „War nur so ein Eindruck", verteidigte ich mich. Mit zusammengekniffenen Brauen sah sie mich an. Erst nach ein paar Sekunden löste sich ihr Gesichtsausdruck und sie erklärte gelassener: „Ich hab' so ein fürchterliches Sicherheitsbedürfnis. Ätzend, das schränkt einen echt ein! Manchmal kommt mir alles, was ich tue, wie eine Mutprobe vor."

Sie fragte nach den Mutproben, die ich alltäglich zu bestehen habe. Schon wieder so eine Frage! Wahrheitsgemäß antwortete ich, die größte Mutprobe sei für mich, einen Raum voller Leute zu betreten und auf mich aufmerksam machen zu müssen. Ich war selbst verblüfft über meine Offenheit, normalerweise gab ich mir nicht die Blöße, Fremden solche Geständnisse zu machen. „Dann wäre Kellnern nichts für dich", bemerkte sie. „Für mich allerdings auch nicht. Ich trinke noch nicht mal Alkohol – du auch nicht, oder? Ja, ist mir aufgefallen, dass du vorhin als Einziger kein Bier bestellt hast. Also, wenn mich einer fragt, welchen Wein ich empfehlen kann, dann fange ich einfach wild an zu assoziieren – ich gehe nach dem Namen, weißt du, und nach der Region, und dann erzähle ich, was mir einfällt. Möglichst blumig und metaphorisch, damit man mich nachher nicht festnageln kann." Ich bat sie, mir einen Wein zu empfehlen, sie solle sich einfach vorstellen, ich sei gerade als Gast in ihr Lokal spaziert.

Das Spiel gefiel ihr. „Wenn Sie Spaziergänge an lauwarmen Herbstnachmittagen lieben – und genau so schätze ich Sie ein", legte sie los, „dann empfehle ich

Ihnen einen französischen Rotwein. Wir haben da einen, der schmeckt nach ... nach anregenden Gesprächen unter Freunden. Nach ..." Ich konnte nicht anders, ich musste lachen. Sie zuckte mit den Schultern: „Meistens funktioniert es. Ich werde eh bald rausfliegen, weil mir ständig irgendwas runterfällt. Hast du mal versucht, mehrere Weingläser auf einem Tablett zu balancieren? Das ist eindeutig nicht meine Kernkompetenz. Sollte ich eines Tages in die Geschichtsbücher eingehen, dann definitiv nicht als Kellnerin."

Ich löffelte meinen Kuchen und lauschte ihr, ich beantwortete ihre Fragen und kam mir dabei vor, als hätte ich noch nie in meinem Leben so viel geredet, obwohl mein Gesprächsanteil wahrscheinlich unter fünf Prozent lag.

Unvermittelt fragte sie nach meiner Freundin, ob die auch eher introvertiert sei oder das Gegenteil von mir, Gegensätze zögen sich ja bekanntlich an, „auch wenn ich das noch nicht empirisch untersucht habe". Ich schwieg verblüfft, dann sagte ich, ich sei allein. Ob es nicht jemanden gebe, der mir gefalle, erkundigte sie sich, und diese Frage fand ich nicht nur indiskret, sondern auch irrelevant, denn damals wäre ich nicht auf den Gedanken gekommen, ein Mädchen einfach bloß anzusprechen, bloß weil es mir gefiel. Ich erwähnte Marie, ein Mädchen aus meiner Klasse, das hübsch war und witzige Bilder für die Schülerzeitung malte – also allem Anschein nach ein kluger Kopf.

Dann fragte ich, um das Thema zu wechseln, nach ihren Erlebnissen bei der Castor-Blockade. Sie klang routiniert, wahrscheinlich hatte sie schon oft davon erzählt. Sie war nachts dort eingetroffen. Mobile Scheinwerferfahrzeuge tauchten den kleinen Ort mitten in der Nacht in gleißendes Licht. Etwa hundert Menschen blockierten, friedlich auf dem Asphalt hockend, die Bundesstraße, die der Tieflader passieren musste, um die Castorbehälter vom Verladebahnhof ins Zwischenlager Gorleben zu bringen. Katharina erzählte von Wasserwerfern und Räumfahrzeugen, die man gegen die Protestanten eingesetzt hatte. Ihr Bericht war verblüffend sachlich. War das ihre Art, ihre Angst zu bewältigen, ihren Zorn? Machte es sie nicht wütend, so behandelt worden zu sein? Sie ließ sich nicht in die Karten gucken. Auf jeden Fall bewunderte ich ihren Mut. Ihre Schlagfertigkeit, ihr unbestechlicher Blick, ihr strenges Stirnrunzeln – ich schätze, mit diesen Waffen ließ sich inmitten eines Polizei-Einsatzes nicht viel ausrichten.

Später entlockte sie mir doch noch ein Geständnis. Damals, in ihrer Dachgeschosswohnung in Bad Breisig, als ich sie noch kaum kannte, mir dieses Gesicht, diese Stimme noch fremd waren, da verriet ich ihr, dass ich gerne Schriftsteller werden wolle. Noch nie hatte ich das laut gesagt, noch nicht einmal für mich selbst so formuliert. Ich schrieb nur für mich und was ich schrieb, zeigte ich niemandem. Schon damals hatte ich das Gefühl, Schreiben sei etwas, was man einfach tun solle, ohne groß darüber zu sprechen. Sie nickte ernsthaft und wünschte mir die nötige Kraft und Zähigkeit, um mein Ziel zu erreichen. „Das wird nicht leicht", sagte sie, „aber das ist kein Grund, es nicht zu versuchen."

Noch manche anderen Gedanken, die ich an diesem Abend äußerte, hörte ich selbst zum ersten Mal. Beispielsweise sprachen wir über das Glücklichsein und ich behauptete, vollkommen glücklich sei man allenfalls in einzelnen Momenten – solche Momente, die alles aufhellen wie ein Blitzlicht, die aber vergehen, ehe man sie richtig auskosten kann. Sie fragte nach Beispielen und da fiel mir natürlich keines ein, aber jetzt, wenn ich diesen Abend nachzuerleben versuche, könnte ich eins nennen, und zwar genau jenen Moment, in dem Katharina mir diese Frage stellte: Ich saß in diesem fremden Haus in einer fremden Stadt, der Regen prasselte mir aufs Dach, und mir gegenüber saß diese erstaunliche Frau und löcherte mich. Als gäbe es nichts, was sie lieber täte.

3

Das Glück ist ein gern gesehener Gast, aber nirgends wirklich zu Hause – das schrieb ich Tom und Tina ins Gästebuch. Dass ich mich am Abend ihrer Hochzeitsfeier um einen Eintrag herumgemogelt habe, ist Tina nicht entgangen und sie hat mir das edle, in Leder gebundene Buch direkt nach ihrer Rückkehr aus den Flitterwochen per Post geschickt, um mein Versäumnis auszumerzen. Doch weder wollte ich mich für die Einladung bedanken, noch die gelungene Feierlichkeit loben, denn das hatten schon genügend Leute vor mir getan. Und so schrieb sich, kaum dass ich den Kugelschreiber in die Hand genommen hatte, wie von selbst Katharinas Spruch auf die leere, für mich reservierte Seite. Ein Bonmot, mit dem sie meine Hypothese vom Glücklichsein auf eine griffige Formel gebracht hat, ein Satz, den ich vor 15 Jahren vergessen habe, der mir nun unvermittelt wieder eingefallen ist.

Ich habe viel an Katharina gedacht in den letzten Tagen. Seit ich in Sandras Badezimmer das Gruppenbild der »Grünen Pinguine« vom Mai 1996 entdeckte, fallen mir ständig Sätze oder Bilder aus jener kurzen Zeit ein, in der unsere Wege parallel verlaufen sind.

Zufrieden betrachte ich das Geschriebene, klappe das Gästebuch zu und tüte es kommentarlos ein. Tinas Begleitnotiz – „Was machen die »Brückentage«?" – ignoriere ich. Ich schreibe »Warenprobe« auf den Umschlag und lege ihn in die Postausgangskiste im Vertriebsbüro der Gießkannenfabrik, in der ich hauptberuflich arbeite. In dem Moment fällt mir auf, dass Herr Wilmersdorf hinter mir steht. Es ist sein Name, den man unter sämtlichen Arbeitsverträgen, Mahnungen und Kündigungen findet. Schon sein Großvater war Gießkannenfabrikant. Ich grüße und versuche, nicht ertappt auszusehen. Freundlich grüßt er zurück und sagt: „Kommen Sie doch bitte mal in mein Büro."

Ich begegne Herrn Wilmersdorf so gut wie nie: Wenn ich am späten Vormittag zur Arbeit komme, hat er seine Mails und Memos längst abgearbeitet und joggt durch den Stadtwald – und wenn er sich abends erneut an den Schreibtisch setzt, hocke ich daheim vor dem Fernseher. „Ich wusste gar nicht, dass Sie noch für uns arbeiten", stellt er fest, nachdem ich die Tür geschlossen habe. "Setzen Sie sich. Wir müssen über die neuen Schnullen sprechen." Er hält mir meine Verkaufskurve unter die Nase, die leider auf seine Turnschuhe zeigt. Immerhin geht es nicht um mein Postgeheimnis.

Als ich meine Stelle angetreten habe, dachte ich: Hier hast du deine Ruhe. Dass Gießkannen nicht bloß Gefäße zur Pflanzenbewässerung sind, sondern auch ein Lebensgefühl transportieren, hatte ich nicht bedacht – als meine frischgebackenen Kollegen mich darüber aufklärten, dass insbesondere das Design der Schnulle, auch profan »Brausemundstück« genannt, entscheidenden Einfluss auf die Absatzzahlen des jeweiligen Sprengers hat, habe ich gedacht: Die erlauben sich einen Scherz. Doch eine wohlgeformte Tülle kann den Gießer glücklich machen, sofern sie das gezielte Beregnen eines geliebten Pflänzchens in perfekter Richtung und Geschwindigkeit ermöglicht. Blech, Keramik oder Kunststoff? Durchaus eine Glaubensfrage.

Mein Chef stopft seine Pfeife und lehnt sich dermaßen entspannt zurück, dass ich fürchte, gleich kippt er mitsamt seinem Stuhl um. "Erzählen Sie doch mal", ermuntert er mich, "wie ...?" – Aber die Pfeife will nicht so recht. Er pafft und pafft und – ah, endlich steigen kleine Rauchwölkchen auf. "Wie stellen Sie sich eigentlich Ihre Zukunft bei uns vor?"

"Oh, ich ..." Ich atme geräuschvoll ein, hebe die Brauen – und da klingelt das Telefon, Gott sei Dank. Denn ich hatte nicht das Geringste zu sagen. "Vergessen Sie nicht, was Sie sagen wollten", bittet er und wuchtet seine 90 Kilo wieder nach vorne: "Mmmmmjaaaaa?"

Anscheinend werden die Schreibtische immer leerer, je voller das Gehaltskonto ist: Während von den schlecht bezahlten Sachbearbeitern im Großraumbüro höchstens ein zerrauftes Haarbüschel hinter einem Berg Bestellformulare hervorlugt, duldet Herr Wilmersdorf allenfalls eine Gesprächsnotiz auf seiner blitzblanken Arbeitsplatte. Mir schwant eine gesetzmäßige Wechselwirkung zwischen steigendem Lohn und sinkendem Arbeitsvolumen, jedoch beeile ich mich, diese kurzsichtige Folgerung als populistisch zu brandmarken.

Schon fertig mit Telefonieren? „Wir hatten Ihnen Anfang des Jahres eine Vollzeitstelle angeboten. Warum haben Sie abgelehnt?"

„Ich fand, dass ich meine Arbeitskraft mit dem jetzigen Stundenpensum optimaler einsetzen kann", pariere ich und bin stolz, dass mir dieser feine Satz eingefallen ist.

„Wo wollen Sie beruflich hin?"

Unwillkürlich schweift mein Blick zu dem Renoir, den er hinter seinem Schreibtisch hängen hat: Mädchen mit Gießkanne. „Mit meiner jetzigen Arbeit bin ich wunschlos glücklich." Immer lächeln, denke ich. Mein linker Mundwinkel zittert schon.

„Hm." Kurz verschwindet er hinter seinem Pfeifenrauch, dann winkt er sich frei. Ich nutze die unbeobachteten Sekunden, um meine Mundwinkel zu massieren.

„Ich möchte, dass Sie noch einmal in die Supervision gehen." Er kritzelt irgendwas auf einen Notizblock wie mein Hausarzt, wenn er mir Nasenspray verschreibt. „Sie kennen ja meine Maxime: Denn ich will Wasser gießen auf das Durstige und Ströme auf das Dürre!"

Ich lache nervös. Er guckt mich erschrocken an. War das etwa ein Bibelzitat? „Sie werden uns bei unserem Aktionstag im Gießkannenmuseum in Gießen vertreten", befiehlt er. – „Wo?" – „In Gießen! Mit den neuen Schnullen haben wir ein Plus von fünf Prozent gemacht.

Bloß bei Ihnen stagnieren die Werte. Ich möchte wissen, woran das liegt." – „Vielleicht an der Schweinchenform." – „Bitte?" – „Die Schnullen sind unschlagbar. Aber die Schweinchenform der Kanne gefällt halt nicht jedem." Er lehnt sich vor, sieht mir in die Augen. „Jetzt hören Sie mir mal zu, Herr ... äh ... Herr ..." Er muss tatsächlich in meiner Personalakte nachschauen, weil er nicht mehr weiß, wie ich heiße. „Übernehmen Sie Verantwortung, Mann! Schuld sind nicht die anderen. Das Potenzial liegt bei Ihnen!" Er fuchtelt mit seiner Pfeife in der Luft herum, als wolle er mit einem Degen ein »Z« in meinen Bauch ritzen.

Ich lächle bloß noch, er nickt. Sonst noch was?, fragt er stumm. Und ich zucke mit den Schultern, schüttle dann den Kopf. Na dann: Er weist mir die Tür. Fehlt nur noch der Klavierspieler, dann wäre das eine schöne Stummfilmszene.

Kurz vor Feierabend beschließe ich, Sandra eine Schweinchengießkanne zu schicken. In ihrer Bude stehen etliche Topfpflanzen und das Schweinchendesign findet sie bestimmt süß. Diese besondere Kanne, ergonomisch optimiert für Zimmerpflanzen, ist an die französische Kannenform angelehnt, was bedeutet, dass man sie auf dem Weg vom Waschbecken zur Fensterbank besonders eng am Körper tragen kann. Während ich »Warenmuster« auf den Karton schreibe, frage ich mich, was ich mir von dieser Aktion verspreche. Vielleicht eine Spur zu Katharina?

Draußen hupt jemand ausdauernd. Ich gucke aus dem Fenster: Ach ja, Frau Ribanowsky – die ist so freundlich, mich zum Bahnhof mitzunehmen. Ich habe Paula versprochen, sie dort zu treffen. Paula ist meine Verlobte. „Ich eile!", rufe ich Frau Ribanowsky durchs

Fenster zu und lege den Karton für Sandra in unsere Postausgangskiste.

Normalerweise fahre ich mit dem Bus nach Hause. Immer mit demselben: Ob den anderen Pendlern auffällt, dass ich heute fehle? Manchmal muss ich mich beherrschen, sie nicht wie alte Freunde zu begrüßen. Fremde Menschen grüßen – das macht man nicht. Dabei sehe ich sie täglich, zum Beispiel den Glatzkopf mit der abgewetzten Tasche, der immer Polohemden trägt. Manchmal kreuzen sich unsere Wege schon in der Unterführung, dann halte ich auf den letzten Metern respektvollen Abstand.

Ich klettere auf den Beifahrersitz und denke: Mist, jetzt habe ich schon wieder nicht gesehen, wie Frau Ribanowsky eingestiegen ist – wie die Zwei-Zentner-Frau hinter dem Steuer ihres Kleinwagens klemmt, glaubt man, die Kiste muss um sie herum gebaut worden sein. „Driss-Verkehr!", schimpft sie, obwohl wir noch nicht mal den Parkplatz verlassen haben.

„Haben Sie Kinder?", erkundige ich mich, denn ihr Zigaretten-Anzünder ist mit Schokolade verschmiert. Sie schüttelt den Kopf. „Ich will mir das Rauchen abgewöhnen. Ich versuch's jetzt mit Schokozigaretten." Ich lache. Sie nicht, also höre ich schnell wieder auf.

„Und? Wann ist Hochzeit?", fragt Frau Ribanowsky. – „Was für 'ne Hochzeit?" Sie guckt mich im Rückspiegel an: „Na, Ihre! Mit Ihrer Aufseherin. Wie heißt sie nochmal?" Ich zucke mit den Schultern: „Paula? Keine Ahnung, weiß ich nichts von." Sie grinst, als würde sie mir kein Wort glauben.

Paula arbeitet bei der Bankenaufsicht. Der Job passt zu ihr. Das meine ich nicht böse, Paula braucht eben Sicherheit – klar geregelte Aufgaben und Pflichten,

Gesetze, an die sich jeder zu halten hat. Sie liebt ihre Freiheit – solange die Grenzen klar definiert sind.

Obwohl die Straßen verstopft sind, erreichen wir den Bahnhof pünktlich: Den Berufsverkehr hatte ich hellsichtigerweise eingeplant. Aber Paula verfehle ich trotzdem. Zu der Zeit, die sie mir genannt hat, kommt kein Zug aus Brüssel an. Sie war dienstlich in Brüssel. In den letzten Monaten ist sie häufiger in Brüssel als zu Hause. Sie hat vorgeschlagen, dass ich sie dort mal besuche, aber ich rede mich mit der Arbeit an meinem Wanderführer heraus. Nächstes Jahr gibt es besonders viele Brückentage, da soll das Buch rechtzeitig auf dem Markt sein.

Ich will sie anrufen, finde aber nur Münztelefone. Ich will Geld wechseln, aber das macht der Blumenverkäufer aus Prinzip nicht. „Da müssen Sie was kaufen." Na gut, ich will was kaufen, aber ich habe nur fünf Euro. „Für fünf Euro hab' ich nichts." – „Wie bitte?" – „Wissen Sie, was ich an Ladenmiete berappe, so nahe beim Bahnhof?" – „Was kostet denn eine einzelne Rose?" – „Die gibt's nur im Bund." Ich verzweifle. Der Mann erbarmt sich: „Draußen sind auch Kartentelefone", verrät er mir. Aber die Maschine will meine Karte nicht. Die Maschine erklärt mir, meine Karte sei leer. In der Ferne sehe ich einen Telefonladen. Ich renne hin, aber hier kostet die Karte mit dem geringsten Guthaben sieben Euro fünfzig. „Wären Sie dann vielleicht so nett ..." – „Das ist keine Wechselstube hier!" – „Besten Dank."

Ist es eine Schande, aufzugeben? Ich meine nein. Ich stelle mich an die Imbissbude auf dem Bahnhofsvorplatz. Da kann man eine Curry-Wurst essen und die »Bild«-Zeitung lesen. „Ich nehme eine Portion Fritten", sage ich zu dem Mann hinter der Theke. Paula zuckt jedes Mal zusammen, wenn jemand zu Pommes Frites „Fritten" sagt. „Die Fritten sehen lecker aus", verkünde ich, während der Mann meine Portion aus der Fritteuse schaufelt, „aber bitte nicht zu viel Salz an die Fritten", und mich stirnrunzelnd mustert, als wäre ich nicht ganz dicht. „Gute Fritten!", lobe ich, nachdem er serviert und ich die erste probiert habe, und komme mir wie ein steinwerfender Demonstrant dabei vor.

Ich beschließe, noch bei Tina vorbeizuschauen. Sie hat ihr Büro in der Nähe vom Kölner Zoo, und das ist vom Hauptbahnhof aus ein schöner Spaziergang am Rhein entlang. Unterwegs sehe ich ein paar Typen, die Mitglieder für ihre Partei werben. Kurz bleibe ich stehen, um mir ihre Plakate anzusehen: Fotos von irgendwelchen Politikern mit bissigen Sprechblasentexten. Nur den Namen der Partei finde ich nirgends. Drei, vier Männer wuseln da herum – und eine Frau, so um die 20, bunt gekleidet und bestens aufgelegt. Ihre Augen hat sie überall, wirft ihren Kollegen muntere Kommentare zu, widmet sich auskunftsfreudig jedem Passanten, der vor dem Tapeziertisch mit den Broschüren stehen bleibt. Auf ihrem Kopftuch steht: »Fragen? Nur zu!« Auch wenn sie Katharina überhaupt nicht ähnlich sieht, berührt mich der Anblick dieser Seelenverwandten. Wie ein Musikstück, das ich sehr lange nicht gehört habe.

50 Meter weiter lauern beanzugte Missionare. „Sie sind ein besonderer Mensch", verrät mir ein fiebrig aussehender Herr, der sich als „Ben" vorstellt. Ich will meine Kaution in Form einer Sammelbüchsenspende berappen, aber er schiebt beleidigt meine Hand weg. Er erzählt mir, wie er nach der Schule seinen Glauben verloren hat. „Da war ich in deinem Alter", bekennt er – und das verstehe ich nicht, denn er ist immer noch in meinem Alter.

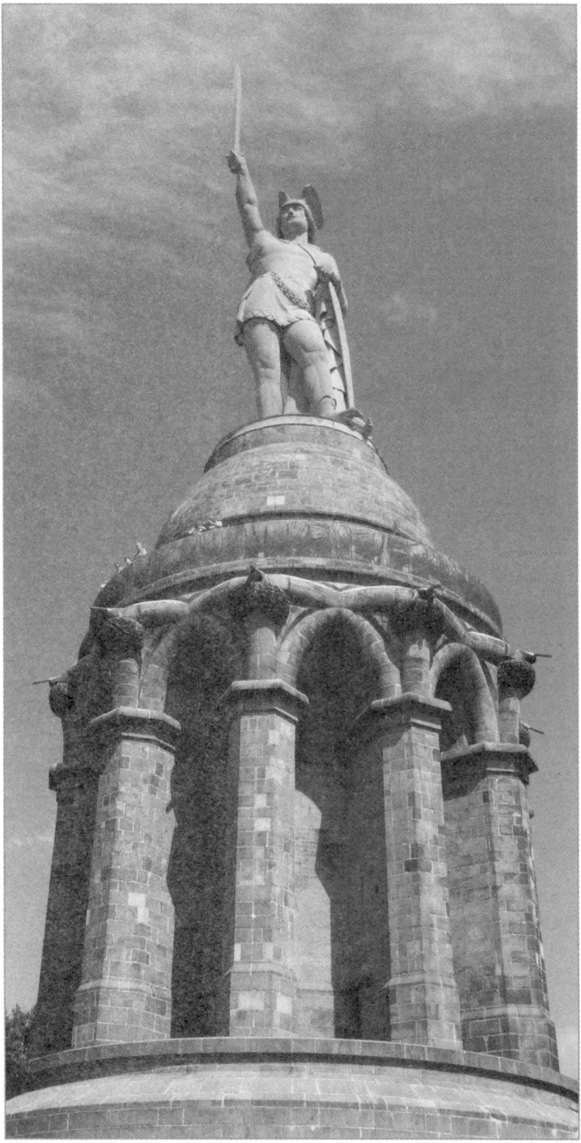

Nachdem er seine Lebensgeschichte referiert, mir ein paar bunte Hefte überreicht und zum Abschied seine Wange an meine gedrückt hat, fällt mir doch noch eine »Frage? Nur zu!« ein. Vor vielen Jahren habe ich sie schon gestellt, am Fuße des Hermannsdenkmals, aber bis heute keine Antwort bekommen: Woher nehmt ihr bloß die Gewissheit, hätte ich den einsamen Bauherrn dieses Denkmals, aber genauso gut Ben oder die junge Dame mit dem Kopftuch gerne gefragt, dass ihr euren Weg gefunden habt, woher euren Glauben, um den ich euch übrigens beneide, dass euer Plan funktioniert, obwohl auch ihr keine Lösung habt – woher nehmt ihr euren missionarischen Eifer?

Bestimmt hätte Katharina mit ihrem Stirnrunzeln gekontert und mir in drei Sätzen beigebügelt, dass ich wieder mal die falschen Fragen stelle. Weil es nicht um missionarischen Eifer geht, sondern einzig und allein um den wachen Blick und die daraus erwachsende Verantwortung.

Von Katharina weiß ich, dass sie Atheistin ist. Zumindest war sie's damals. Aber an ihre Verpflichtung, sich einzumischen, hat sie geglaubt. Am schlimmsten seien die, hat sie mal gesagt, die aus sicherer Entfernung vermeintlich kritische Kommentare loslassen, bloß um ihre Feigheit zu tarnen, die sie handlungsunfähig macht. Sie hätten ihre Pflicht getan, gaukeln sie sich vor, denn sie haben ja immerhin was gesagt.

Das Wochenende steht vor der Tür, also legen Tina und ich gemeinsam mein nächstes Wanderziel fest. Tina – auch so eine Zielstrebige. Sie ist keine Missionarin, fühlt sich auch nicht dazu berufen, sich einzumischen, aber schon während ihres Germanistikstudiums hat sie einen Projektplan für ihr Leben aufgestellt: Sie wollte Verlegerin werden. Also hat sie Praktika absolviert, IHK-Seminare besucht, und nachdem sie eigenhändig mit einem Klemmbrett auf dem Bahnhofsvorplatz Marktforschung betrieben hatte, brachte sie ihr erstes Buch heraus: Tipps zur Pflege von Balkonpflanzen. Ihre studentische Leserschaft kaufte ihr drei Auflagen innerhalb von sechs Monaten ab. Mich hatte vor allem das Kapitel über Yucca-Palmen interessiert. Zufälligerweise hatte ich gerade eine Erzählung über einen Gärtner geschrieben – die bot ich ihr zur Veröffentlichung an. Damit konnte sie natürlich nichts anfangen, weil Belletristik für Kleinstverlage kaum vermarktbar ist, aber so kam es, dass ich ihr Kochbuch schreiben durfte.

Mein nächstes Wanderziel wird die Eifel sein. Das kommt mir gelegen, denn die Eifel war schon immer mein Zufluchtsort. Manchmal braucht man einen Zufluchtsort. Egal ob man gerade eine Schweinchengießkanne an eine ebenso attraktive wie langweilige Frau verschickt hat und selbst nicht weiß, was dieser Blödsinn soll, oder ob man am Bahnhof seine Verlobte verfehlt hat und sich eingestehen muss, dass man darüber eigentlich ganz froh ist – ich gehöre nicht zu denen, die eine Flucht als probates Mittel, um wieder ein wenig Boden unter den Füßen zu gewinnen, grundsätzlich verteufeln.

Mein Rucksack wiegt nicht viel. Außer meinem warmen Pullover und einem Paar Wollsocken habe ich eine Wasserflasche, ein Baguette und – die milden Temperaturen erlauben es – einen Meeresfrüchtesalat dabei. Und Sandra. Samstagmorgen hat sie mich angerufen, um sich für mein blödes Gießkannengeschenk zu bedanken – „so ein originelles Geschenk habe ich noch nie bekommen" – und mich prompt zum Abendessen eingeladen. Wahrheitsgemäß konnte ich erwidern, dass ich gerade auf dem Sprung zum Bahnhof sei, um meine nächste Recherchereise für den Wanderführer anzutreten: eine Tour um den Urftsee. Und dann wartete sie am Bahnsteig. Um zu erklären, warum ich das Telefonat jetzt leider sofort beenden müsse, hatte ich präzise den Zug benannt, den ich nehmen wollte. Worauf sie eilig ein paar Turnschuhe und einen Rucksack voll Obst zusammenraffte, um mich am Bahnsteig zu überraschen.

„Eigentlich müsste ich dieses Wochenende dringend an ein paar Gedichten arbeiten", erklärte sie, „aber nach unserem Telefonat hab' ich mir gedacht: Nee, jetzt würde ich viel lieber mit dir wandern gehen!" Ich stammelte ein bisschen herum, von wegen, dass die Kunst immer Vorrang hat – auch wenn mir insgeheim schleierhaft war, was an ihrer Dichtkunst »dringend« sein könnte – und dass der Reiz des Wanderns durchaus auch in der Einsamkeit des Wanderers begründet liegt. Aber sie sagte ungerührt: „sehe ich genauso", und stieg mit ein.

Für einen Augenblick befürchtete ich, auch Paula könnte jetzt auftauchen, denn mit ihr hatte ich ebenfalls vor meiner Abreise telefoniert. Das Missverständnis, dessentwegen wir uns nach ihrer Rückkehr verfehlt hatten, war aufgeklärt – Paula hatte in Siegburg gewartet, während ich sie in Köln abholen wollte – und leider war sie mir überhaupt nicht böse. Gott sei Dank hatte sie sich in Brüssel ein paar Blasen gelaufen: „Diese Verwaltungsgebäude sind so furchtbar weitläufig! Sonst hätte ich dich gerne begleitet. Es tut mir leid, dass du zu deinen Wanderungen immer alleine aufbrechen musst." Ich log: „Ja, das ist wirklich schade."

Sandra und ich suchten uns ein leeres Abteil. Ich öffnete das Schiebefenster und lehnte mich raus. Fast wünschte ich mir, Paula käme doch um die Ecke gehumpelt. Im Moment fand ich die Aussicht auf ein klärendes Gewitter verhältnismäßig verlockend. „Setz dich", hörte ich Sandra hinter mir sagen. „Ich bin noch nicht fertig damit, aus dem Fenster zu gucken", erwiderte ich gereizt. Wie kam diese Frau dazu, sich mir so aufzudrängen? Ich drehte mich um, hatte mir endlich ein Herz gefasst, um ihr ins Gesicht zu sagen, sie solle bitte aussteigen, jetzt sofort, weil ich allein sein wolle – aber genau in dem Moment blies der Schaffner in seine Trillerpfeife. Ich tröstete mich mit einem Blick auf ihre schlanken Knie, die in ihrem Rock ausgesprochen gut zur Geltung kamen.

Stunden später sitzen wir am Ufer des Urftsees, und ich habe mich an ihren Knien allmählich sattgesehen. Wir haben uns einen weichen Platz im Unterholz gesucht und langweilen uns. Das heißt, ich langweile mich, während sie ein neues Gedicht vorliest. Es ist meine Schuld, vorher hat sie gefragt, ob sie dürfe, normalerweise belästige sie andere Menschen nicht mit ihrer Lyrik, aber in mir habe sie einen Geistesverwandten erkannt, also brachte ich es nicht übers Herz, ihr die Illusion zu rauben. Außerdem sieht sie wirklich reizend aus in diesem Rock. Ich krümele ins Wasser des Urftsees, locke damit ein paar Gänse an, und nehme mir bei den ersten rumpeligen Versen fest vor, zumindest Kritik zu üben, aber am Ende ist die Liste meiner konstruktiven Verbesserungsvorschläge so umfangreich, dass ich, mit Blick auf ihr handbeschriebenes Blatt, bloß denke: ein Königreich für ein Zündholz! Ich höre mich sagen: „Das klingt sehr nach dir. Ich meine das als Kompliment." Dann entschuldige ich mich, um mir mit dem Wasser des Urftsees den Mund auszuwaschen.

Unser Ziel ist Burg Vogelsang. Im Laufe des Nachmittags verlieren wir sie mehrfach aus den Augen, entdecken sie unvermittelt hinter dem nächsten Hügel wieder, korrigieren daraufhin unsere Route und laufen weiter. Wir plaudern. Das ist nett, aber wenn mich am Ende des Tages jemand fragen würde, worüber wir gesprochen haben, müsste ich passen.

Mittlerweile ist mir klar, dass wir die Burg erst bei Einbruch der Dunkelheit erreichen werden. Um einen Gasthof zu finden, müssen wir wohl bis Gemünd weiterlaufen. „Ich habe mich entfernungsmäßig ein bisschen verschätzt", sage ich. „Das macht nichts", erwidert sie, „solange wir nicht im Wald schlafen müssen." Gegen 20 Uhr – noch immer sind wir etliche Kilometer von der Burg entfernt – durchqueren wir einen kleinen Nadelwald. Dahinter kommt eine Reihe fensterloser Ruinen in Sicht, grau wie der Himmel. Gleichförmige, zweistöckige Bauten aus Backstein – so ähnlich wie die Mannschaftsunterkünfte, die ich von der Bundeswehr kenne. Bloß dass in diesen Maueröffnungen scheinbar keine Fenster oder Türen gesteckt haben, diese Wände nie verputzt wurden. Den Staub von Jahrzehnten erwartet man an so einem Ort, dabei sieht es eher so aus, als sei kürzlich durchgefegt worden.

„Was ist das hier?", fragt Sandra.

Ich zucke mit den Schultern. Ich recherchiere vor meinen Wanderungen grundsätzlich nicht, um gegenüber allen Überraschungen, die der Weg bereithält, aufgeschlossen zu bleiben. Tina behauptet, ich sei einfach zu faul zum Recherchieren.

Wir betreten eines der Häuser. Sandra setzt sich auf den nackten Betonboden. Aber ich will mir lieber die Kirche am Ende der Straße ansehen, also gehen wir weiter.

Abgesehen von ein paar einfachen Holzbänken ist die Kirche leer. Aber ihr Dach ist gedeckt und die Fenster sind dicht. Hier essen wir zu Abend: ich meinen Salat, Sandra ihr Obst. Ich zeige auf die uralten, brüchigen Bodenfliesen. Mache Sandra auf die Wände aufmerksam, die verziert sind von eingeebneten, kaum noch erkennbaren Fresken. Ich frage mich, wann hier zuletzt gebetet wurde. Ich frage mich, ob Sandra gläubig ist. Ich frage mich, warum ich mich das frage. Und ich frage mich sogar, ob ich gläubig bin.

Wind heult durch die Kirche. Ich beschließe, dass wir hier übernachten werden. Wir sind so weit weg vom nächsten Ort, dass keine Überfälle irgendwelcher Art zu befürchten sind. Sandra sagt nicht viel zu meinem Entschluss. Es gibt ja keine Alternative.

Als ich meinen Schlafsack ausrolle, wird es peinlich, denn erst jetzt fällt mir auf, dass sie keinen dabei hat. Galant biete ich ihr meinen Schlafsack an, aber sie ziert sich, und da werde ich ungehalten: „Ich werde nicht zulassen, dass du auf dem Steinboden übernachtest, das kommt nicht in die Tüte." Sie erwidert: „Ich werde dich aber auch nicht auf dem Boden schlafen lassen." Ich bin drauf und dran, den blöden Schlafsack aus dem Fenster zu schmeißen, stattdessen blaffe ich: „Dann müssen wir uns halt beide in das Ding reinquetschen." Sie zuckt mit den Schultern: „Warum nicht? Schließlich sind wir ja erwachsen." Ich murmele: „Genau da liegt das Problem", aber sie verzieht keine Miene.

Ich bleibe vollständig bekleidet, aber sie zieht ihren Rock aus, anders geht es nicht, sonst würden wir nicht in den Schlafsack passen. Während sie den Rock sorgfältig faltet und auf ihre Turnschuhe legt, starre ich aus dem Fenster in den dunklen Wald. „Müsstest du dir nicht eigentlich Notizen machen?", fragt sie. „Ich hab' schon öfter gesehen, wie eine Frau sich auszieht", antworte ich und drehe mich zu ihr um. Wieder sehe ich dieses mir mittlerweile schon vertraute Zucken um die Mundwinkel: „Von der Wanderung, meinte ich." Ich nicke: „Ja, müsste ich." Wir gucken uns noch eine Weile an, dann sagt sie: „ah ja", und schlüpft in den Schlafsack.

Der Mond scheint. Sandra erzählt von ihren Eltern, die sich nach 50 Jahren Ehe endlich miteinander arrangiert haben, und von ihren Schwestern, die hoffnungslos zerstritten sind, und ich hocke im Fenster, den Nachtwind im Nacken, und kann mich nicht dazu durchringen, auch in den Schlafsack zu kriechen. Mein Plan ist abzuwarten, bis sie schläft, und mir dann ein Plätzchen draußen im Gras zu suchen.

„Nun komm schon", sagt sie, „du erkältest dich." Mein Zähneklappern kann ich kaum unterdrücken und mittlerweile schlottern mir auch die Knie. Ich lasse den Blick schweifen und denke: Was ist trauriger – ein Haus, das nie bewohnt gewesen ist, oder eines, das geräumt und verlassen wurde? Dann gebe ich mir einen Ruck. „Bitte nicht mit der Jeans", sagt sie, „die zwickt!" Mittlerweile ist es so dunkel geworden, dass ich Sandra nur noch schemenhaft erkenne. Es ist unmöglich, in diesem Schlafsack Abstand zu halten. Permanent entschuldige ich mich, bis sie sagt: „Es reicht! Alles in Ordnung." Ich muss zugeben, sie geht deutlich souveräner mit der Situation um als ich. Ich spüre ihre Beine, ihren Rücken, ich rieche ihr Haar, und das ist alles durchaus angenehm, aber ich benehme mich vorbildlich, wünsche ihr einen angenehmen Schlaf und gähne, als wäre ich hundemüde. Moralisch einwandfrei. Oder ist es bloß der bequemste Weg?

Habe ich Angst vor der fürsorglichen Belagerung, die unweigerlich folgen wird, wenn die Situation außer Kontrolle gerät, vor den Nettigkeiten, der Nähe, all den Gedichten, die sie mir womöglich widmen würde? Ich stelle mich tot. Gerade als ich denke, sie sei eingeschlafen, fragt sie unvermittelt: „Bist du verheiratet?" Wahrheitsgemäß antworte ich: „Nein, aber verlobt." Sie stellt keine weiteren Fragen, aber ich habe plötzlich das Bedürfnis, über Paula zu sprechen. Ich erzähle, dass sie bei der Bankenaufsicht arbeitet, dass sie viel unterwegs ist, dass wir uns seit sechs Jahren kennen und mittlerweile eine reine Gewohnheitsbeziehung führen. Dass ich schon ein paar Mal vorhatte, mich von ihr zu trennen. „Woran ist es gescheitert?", fragt sie. „Sie ist so schlecht erreichbar", antworte ich, und zum ersten Mal bringe ich Sandra zum Lachen. Dabei war das kein Witz.

Nach Sonnenaufgang kommen sie. Schweigend. Ich höre keine Motorengeräusche, nur Stimmen und Schritte draußen auf dem Kies. Sandra ist schon wach. Sie steht in der halb geöffneten Tür und ich stelle mich zu ihr. Draußen hat sich eine Reisegruppe versammelt, in ihrer Mitte ein alter Mann. „Da drüben war das Schulhaus", erzählt er. „Ein Junge aus meiner Klasse hatte sich dort auf dem Speicher ein Verlies gebaut. Als er im letzten Kriegsjahr auf Heimaturlaub hier war, hat er sich darin versteckt. Die Kettenhunde haben ihn überall gesucht, aber keiner konnte ihn finden. Er wartete in seinem Versteck, bis der Krieg vorbei war."

Die Gruppe kommt näher, ich geselle mich dazu. Was das hier für ein Ort sei, frage ich leise. „Der ist noch hier aufgewachsen", flüstert ein Junge, der ein bisschen gelangweilt guckt. „Und jetzt erzählt er, wie das damals war, mit der Vertreibung aus dem Dorf."

„1946 kam ich aus dem Krieg zurück", höre ich nun den alten Mann berichten, während sein Blick über die Wälder schweift, „wir haben alle angepackt, bald gab's wieder Strom – wir waren die Ersten weit und breit, die wieder Strom hatten ... Bis dann die Briten die Burg und das Gelände beschlagnahmten und zum Sperrgebiet erklärten. Später haben die Belgier das alles übernommen."

Eine Weile höre ich noch zu, dann ziehe ich mich leise zurück. 60 Jahre lang hat man das Dorf benutzt, um den Häuserkampf zu üben. Auch Sandra hat von der Tür aus die Geschichte mitbekommen. Schweigend sammeln wir unsere Sachen ein. Schnappen im Gehen noch Gesprächsfetzen auf von dem jahrzehntelangen Streit um die Umbettung der Toten des hiesigen Friedhofs, von all den Jahren der vergeblichen Hoffnung auf Rückkehr, mit der die meisten gestorben sind.

Auf dem Rest unseres Weges sprechen Sandra und ich nicht viel. Wir haben beide schlecht geschlafen. Die ganze Nacht habe ich nicht gewagt, mich zu rühren, hielt meine Arme eisern hinter dem Rücken verschränkt, weshalb auch meine Schultern schmerzen, als hätte ich mich zu tausend Liegestützen gezwungen. Außerdem habe ich einen steifen Nacken, weil ich, um ihren Haaren auszuweichen, die mich an der Nase kitzelten, die ganze Zeit mit überstrecktem Kopf dalag.

Bald hat die Zivilisation uns wieder. Von Burg Vogelsang aus überqueren wir die Urft. Der Fluss wird schmaler, wir kommen an Höfen und Kleingartensiedlungen vorbei. Sandra läuft vor mir, und ich frage mich, ob wir uns in irgendeiner Weise nähergekommen sind an diesem Wochenende. Ich frage mich, wie es sich anfühlt, ein Vertriebener zu sein. „Wir können das gar nicht begreifen, was da passiert ist", sage ich. „Weil wir keine eigenen Erfahrungen haben, die damit vergleichbar wären." Es dauert eine Weile, bevor sie antwortet. „Als ich mich von meinem langjährigen Freund getrennt habe, war das ein ähnliches Gefühl", sagt sie. „Er war meine Heimat. Als ich zum letzten Mal unsere gemeinsame Wohnung verlassen habe, mit meinem Rucksack und zwei Koffern, da hab' ich mich auch entwurzelt gefühlt. Ich bin in eine andere Stadt gegangen, um das zu verarbeiten. Deswegen wohne ich jetzt in Köln." Wir müssen warten, weil direkt vor uns eine Schafherde den Weg kreuzt. Bei diesem Anblick lächelt Sandra. Besser gesagt: Ihre Mundwinkel zucken.

Ihre Erwiderung auf meine Bemerkung finde ich so banal wie ihre Gedichte. Aber es steckt auch eine simple, bezwingende Weisheit darin. Fast hätte ich sie für den Rest des Weges untergehakt.

Daheim finde ich eine E-Mail von Tina vor. Sie bedankt sich für meinen Gästebuch-Eintrag. Dass das Glück nirgends zu Hause sei, habe sie bereits festgestellt, schreibt sie. Das ging aber fix, denke ich. Sie berichtet, dass Tom seinen Job bei einer Event-Agentur gekündigt habe. Er will in Duisburg eine leer stehende Fabrikhalle kaufen, einen Wohnwagen reinstellen und dort Partys organisieren. Nicht im Wohnwagen, sondern in der Halle. In den Wohnwagen will er mit Tina einziehen. Tina kann nicht mehr schlafen, seit er ihr diesen Plan unterbreitet hat, aber ich entdecke darin mehr Originalität, als ich Tom zugetraut hätte.

Zum Schluss fragt sie noch, ob ich ein Theaterstück schreiben will. Sie hat von einem Arbeitslosenprojekt gehört, das in sechs Wochen starten soll: Eine Gruppe von Schulabbrechern, die als schwer vermittelbar gelten, bringt gemeinsam ein Stück auf die Bühne. Klar, das Honorar ist nicht üppig, und inhaltliche Vorgaben gibt's auch – ist ja schließlich ein pädagogisches Projekt. Aber mich freut, dass Tina mir diese Aufgabe zutraut. Schließlich habe ich noch nie ein Theaterstück geschrieben. Wenn ich Lust dazu habe, muss ich nur Ja sagen. »Es sei denn«, schreibt sie noch, „die ›Brückentage‹ nehmen dich zu sehr in Anspruch.« Ha, ha, ha. Über diese Stichelei sehe ich großzügig hinweg. Ich maile zurück: »Ja, ich will.«

4

Man darf nie verlernen zu träumen, höre ich Katharina sagen. Vor über 15 Jahren, als sie mir diese Weisheit ins Ohr flüsterte wie etwas, das nur wenigen Auserwählten auf diesem Planeten bekannt ist, hatte ich das Gefühl, das könne der Schlüssel sein. Heute ist mir dieses Motto zu schlicht. Ich träume von einem anderen Job, einem spannenderen Alltag, einer erfüllenderen Beziehung – na und? Was jetzt?

Katharinas Antwort wäre gewesen: »Die Ärmel hochkrempeln und es in Angriff nehmen«. Sie lebte ohne Zeitverzögerung. Neigte weder zur Nostalgie noch dazu, Vorhaben aufzuschieben. „Es gibt keine Entscheidungen, die nur richtig oder nur falsch sind", hatte sie gesagt, als ich mal wieder irgendeine Bagatelle zergrübelte, „egal was du tust: Du liegst auf jeden Fall ein bisschen falsch. Aber auch immer ein bisschen richtig!" Was sie als Freibrief betrachtete, auf Gedeih und Verderb ihren Impulsen zu folgen.

Etwa eine Woche nach unserem Abend in Bad Breisig rief ich Katharina an. Ich erwischte sie erst beim vierten Versuch gegen halb elf abends, sie meldete sich mit „Jaaa?" in einem Tonfall, der so voller Erwartung steckte, gleich etwas ungeheuer Spannendes zu erfahren, dass ich lachen musste. Ich telefoniere nicht gerne, bis heute nicht, aber Briefe sind immer so staatstragende Angelegenheiten. Also hatte ich auf dem Postamt nach dem Telefonbuch von Bad Breisig gefragt und mir ihre Nummer herausgesucht. „Ja, äh, ich bin's. Hi! Geht's dir gut?"

„Hey, das ist ja eine Überraschung!"

Zunächst bedankte ich mich für ihre Gastfreundschaft, arg förmlich hörte sich das an, und entschuldigte mich dafür, dass ich einfach so gegangen war: Ich hatte mich verdrückt, während sie noch schlief. Eine Taubenschar hatte mich geweckt, die unter lautem Flügelschlagen ihr Nachtlager auf Katharinas Dachfirst räumte. „War ein netter Abend!", sagte sie. „Schade, dass du nicht zum Frühstück geblieben bist." Offenbar war sie nicht sauer auf mich. Das freute und ermutigte mich, von meinen Eltern zu erzählen: Als ich vormittags zu Hause eingetrudelt war, hatten sie schon auf mich gewartet – nie zuvor war ich über Nacht weggeblieben, ohne mich abzumelden. „Jetzt hab' ich eine Woche Hausarrest. Dabei gehe ich abends sowieso nie weg."

Sie erkundigte sich, wie es mit Marie laufe. Gar nichts lief. Warum auch? Was hatte mich bloß geritten, Marie überhaupt zu erwähnen? „Du schreibst doch gerne?", überlegte Katharina. In der Tat. „Dann habe ich eine Idee", sagte sie. „Nutze dein Talent!"

Zwei Tage später stand ich im Redaktionsraum unserer Schülerzeitung und verkündete: „Ich möchte bei euch mitmachen!" Ein Gnom mit aufgepumpter Daunenjacke, der pausbackig Salzstangen zermalmte, musterte mich skeptisch. „Über was willst du schreiben?" – „Ich weiß nicht, über ... Also, über Atomenergie vielleicht?" Er verdrehte die Augen und ließ mich stehen. Ein Wischmopp mit Jutebeutel über der Schulter schüttelte mir die Hand. „Klaus. Ich leite das hier. Atomenergie iss'n gutes Thema. Haste schonmal was geschrieben?" Ich schüttelte den Kopf, denn ich hatte keine Lust, meine Kurzgeschichten als Arbeitsprobe vorzulegen. „Macht nix", meinte Klaus. „Kaffee?" Ich winkte ab. Während Klaus zu der Kaffeemaschine abtauchte, die neben einem fleckigen Sofa auf dem Fußboden stand, sah ich mich um: Es sah aus wie im Vereinshaus eines Jugendklubs.

Nur der Flipperautomat fehlte – dafür wartete eine Druckmaschine rostend auf ihre Verschrottung.

Ich riss einen kleinen dicken Mann aus der Lektüre seines Schmalfilmkameramagazins: „Sag mal, die Zeichnungen für eure Zeitung – wer macht die nochmal ...?" Er nutzte die Unterbrechung, um sich einen Strauß Salzstangen in den Hals zu schieben. Ich wartete, bis er wieder sprechen konnte. „Musst du Klaus fragen. Ein Mädchen aus der Oberstufe, glaube ich. Kommt nur gelegentlich her." – „Ah."

Marie machte die Zeichnungen, das wusste ich natürlich. Ich wollte auf etwas anderes hinaus: „Kommt sie zu euren wöchentlichen Sitzungen?" Langsam ließ er das Magazin sinken, er schätzte diese Unterbrechungen nicht.

„Schon gut, muss ich Klaus fragen. Danke."

Mir fiel auf, dass fast alle hier eine Brille trugen. „Kinder, Kinder", rief Klaus, „lasst uns mal das Finanzielle bekakeln. Von Hackenbroichs ist immer noch kein Geld eingegangen. Wir haben doch einen Vertrag mit denen. Oder, Hermann ...?" Der Gnom pflanzte sich weltmännische Nonchalance ins Gesicht, doch das Bild blieb schief. „Also nicht", schmollte Klaus.

„Äh, Klaus", warf ich ein, „was ich noch fragen wollte ..." – Klaus unterbrach mich: „Klinkenputzen?" – „Hm?" – „Anzeigen-Akquise! Bäckereien, Fahrschulen, Tanzschulen – du machst doch mit? Wäre 'n guter Einstand!"

Am Wochenende meldete ich mich wieder bei Katharina, um ihr von meinem journalistischen Engagement zu erzählen. Im Grunde war das der einzige Sinn meiner Übung: ihr Bericht erstatten zu können.

„Super", freute sie sich und gratulierte mir dazu, dass ich endlich die Zügel in die Hand genommen hatte. Ich schränkte ein: „Leider ist Marie nur freie Mitarbeiterin. Gestern haben wir sämtliche Fahrschulen in der Umgebung abgeklappert, um Anzeigen zu bekommen – den ganzen Nachmittag lang. Mir tun vielleicht die Füße weh! Und sie war nicht mal dabei."

„Bleib dran!", ermunterte mich Katharina. Dann fiel ihr ein: „Übrigens komme ich nächsten Samstag nach Köln." Sie erzählte, dass sie ihre Ente verkaufen wolle. Beim Gebrauchtwagenmarkt im Porzer Autokino würden gute Preise bezahlt, hatte sie gehört. „Eigentlich brauche ich die Karre, aber wenn ich sie nicht verkaufe, kann ich den Umzug nicht bezahlen. Verflixt, was das alles kostet! Willst du mitkommen? Du kannst mir handeln helfen!"

Handeln? Ausgerechnet ich? „Klar, gern."

Sie versprach, dass wir nach dem Autoverkauf gemeinsam einen Anti-Atomkraft-Artikel stricken würden, der sich gewaschen hat.

Zur verabredeten Zeit stand sie bei meinen Eltern vor der Haustür. „Beeil dich, wir sind spät dran", sagte sie zur Begrüßung. In der Hand hielt sie eine Tube Sekundenkleber und erzählte, während wir zum Auto liefen: „Ich hab' den Außenspiegel volle drei Minuten auf den Lack gepresst! Auf der Tube stand was von dreißig Sekunden, aber das Zeug ist bestimmt nicht für Autoteile gedacht." Dann schob sie sich ihre John-Lennon-Sonnenbrille auf die Nase und stieg ein.

Während der Fahrt servierte ich Butterkekse. Katharina biss hinein, krümelte und fluchte: „Verflixt, ich hab' doch extra die Polster gesaugt!" Den Kopf in den Nacken gelegt, kippte sie sich aus der hohlen Hand die letzten Krümel in den Mund, der Wagen schlingerte dabei. Als sie auf die Autobahn bog und beschleunigte, vibrierte die ganze Kiste. Ich riskierte einen Blick auf den Tacho: 75 Stundenkilometer. „Und bei Tempo 80 geht das Dach fliegen?", erkundigte ich mich. „Keine Angst", sagte sie, „so viel schafft die Kiste nicht." Sie erzählte, dass sie im Urlaub das Verdeck wirklich mal aus der Böschung klauben musste. „In der Bretagne war das." Sie erzählte die ganze Geschichte, aber ich hörte nicht richtig hin, weil ich den angeklebten Außenspiegel beobachtete, der im Fahrtwind zitterte. „Also, ein paar Macken hat der Wagen ja", bemerkte ich unschuldig.

„Dabei hab' ich ordentlich Kosmetik gemacht!", erwiderte Katharina. „Gestern hing ich den ganzen Tag mit Politur überm Lack. Was glaubst du, was ich anschließend geträumt habe! Ich sag' dir, das sind irgendwelche Alt-Hippies, die das Zeug zusammenmischen – eine Autopolitur mit LSD-Zusatz!"

Beim nächsten Schlagloch fiel mir das Handschuhfach in den Schoß. „Oh", sagte sie, „sieh mal nach, ob da noch was drin liegt." Ich förderte eine Sonnenbrille mit gesprungenem linken Glas zutage sowie einige Kassetten, darunter etwas von Leonard Cohen mit vergilbtem Cover und spanischer Titel-Liste. „Cohen?", meinte sie erfreut. „Schieb rein!" Ich wickelte das Band auf, das ein paar Zentimeter heraushing, dann drückte ich die Kassette in den Schlitz. „Hm", machte ich. „Klingt überhaupt nicht nach Leonard Cohen, oder?"

Katharina lauschte. „Doch, hör genau hin: »Like a Bird on a Wire«. Nur rückwärts! Mist, entweder ist das Band im Eimer oder das Gerät." Sie zog die Kassette aus dem Spieler, „ich will's gar nicht wissen", und warf sie zurück in das Handschuhfach. Ich drückte die

Klappe zu und fixierte sie mit einem Streifen Paketklebeband, der am Armaturenbrett pappte.

„Du", sagte ich, „diese Karre wird dir kein Mensch abkaufen!" Sie guckte mich über den Rand ihrer Brille an: „Wart's nur ab. Wer zuletzt lacht ..." In dem Moment löste sich eine Radkappe. „Um was wetten wir?", fragte ich. Doch Katharina war abgelenkt: „He, war das nicht unsere Ausfahrt?" Ich drehte mich um: Leider musste ich ihr Recht geben. Katharina drosselte das Tempo und schaute konzentriert in den Rückspiegel. „Da kommt doch keiner, oder?" Dann hielt sie an. Mitten auf der Autobahn.

„Tu's nicht", sagte ich leise. Aber sie hatte schon den Rückwärtsgang eingelegt. „Weißt du, wie lange es bis zur nächsten Ausfahrt dauert?" Sie lachte nervös. Ich mochte ihr Lachen – bloß schade, dass sie uns gerade umbrachte.

Als sie auf Höhe der Ausfahrt den Gang wechseln wollte, tauchte hinter uns doch noch ein Auto auf. „Jaja, wir sind gleich weg", murmelte Katharina. Und würgte den Motor ab. Hinter uns ging wildes Gehupe los, das Auto näherte sich auf unserer Spur. „Ja", rief Katharina, „wir können halt gerade nicht weg!" Im letzten Augenblick wich der Wagen aus und rauschte linkerhand vorbei, unsere Ente schaukelte wie Schilf im Wind. Der Motor sprang an, Katharina blies erleichtert die Wangen auf und steuerte in die Ausfahrt. „Verflixt, jetzt hab' ich aber doch ein bisschen Schiss gekriegt. Das nächste Mal fahren wir lieber den Umweg." Sachte strich sie mir mit der Hand über die Schulter. Eine mütterliche Geste, dennoch gefiel sie mir.

An der nächsten Ampel stellte Katharina fest: „So verkehrt ist deine Strategie gar nicht." – „Welche?" –

„Erst in Ruhe abwägen. Dann handeln." – „Phh ... Weißt du, oft denke ich so lange über irgendwas nach, bis es viel zu spät ist, um überhaupt noch zu reagieren. Ich drücke mich so lange vor einer Entscheidung, bis es nichts mehr zu entscheiden gibt." Die Ampel sprang um, aber Katharina fuhr nicht los. Über den Rand ihrer Brille hinweg sah sie mich aufmerksam an. „Immer noch besser", meinte sie, „als mit angezogener Handbremse Vollgas zu geben. Wie ich das manchmal mache." – „Apropos: Es ist grün." – „Hab' ich gemerkt", erwiderte sie. „Aber du verrätst so selten etwas über dich, da wollte ich mir keine Sekunde entgehen lassen."

Zwischen den anderen Gebrauchtwagen sah Katharinas Ente aus wie ein gerupftes Huhn. Wir standen herum und warteten. Jemand verteilte Handzettel mit dem Kinoprogramm für heute Abend: zuerst James Dean, danach »Monster im Nachtexpress«. Ich erkundigte mich bei Katharina, wie's ihrem James Dean gehe. „Hubert? Och, dem geht's bestens", erwiderte sie. „Lieb, dass du fragst!" Ich entdeckte eine Kaffeebude und beschloss, erst mal einen auszugeben.

Als ich mit den dampfenden Bechern zurückkam, war ein Typ im gelben Regenmantel an der Ente hängen geblieben. Er überreichte Katharina seine Visitenkarte: ein Gebrauchtwagenhändler. In seinen Gummistiefeln stapfte er um den Blechhaufen, rüttelte fachmännisch am Kotflügel – ich rechnete mit dem Schlimmsten, aber der Kotflügel blieb dran.

Eine Gruppe elegant gekleideter Männer verfolgte das Schauspiel aus sicherer Entfernung. Ich sah misstrauisch zu ihnen rüber und sie erwiderten meinen Blick. Eine Weile ging das so, dann gab ich mir einen Ruck und schlenderte zu ihnen. „Wie ich sehe, hat der Wagen Ihr

Interesse geweckt?", fragte ich betont lässig und verschluckte mich dabei fast vor Aufregung. Einer, der Schultern hatte wie ein Türsteher, meinte mit italienischem Akzent: „Gib dir keine Mühe. Die Karre von deiner Freundin ist keine 20 Ocken wert." Dass er Katharina für meine Freundin hielt, machte ihn mir sympathisch. Bewies aber auch, dass er einen an der Waffel hatte. Das brachte mich auf eine Idee.

„Was halten Sie von folgendem Vorschlag: Ich gebe Ihnen 50 Mark und Sie kaufen ihr das Auto für 100 ab?" Belustigt sah der Mann seine Kollegen an. Dann mich, wieder ernst. Eine Antwort bekam ich allerdings nicht. „Sie braucht das Geld", erklärte ich, „aber ich weiß, dass sie's von mir nicht nehmen würde." Nach einer Weile zuckte er mit den Schultern, was ich als Zustimmung wertete. Ich beeilte mich, ihm die dampfenden Kaffeebecher in die behandschuhten Hände zu drücken, mein Portemonnaie zu leeren und mit Ach und Krach 50 Mark zusammenzukratzen. Katharina bekam von alldem nichts mit, sie war gerade dabei, dem Gebrauchtwagenhändler das Schlüsselproblem zu erklären: Aus irgendeinem Grund brauchte man für Fahrertür und Kofferraum einen anderen Schlüssel als für die Beifahrertür. Vom Zündschloss ganz zu schweigen. Katharina behauptete, das wäre schon so gewesen, als sie den Wagen gekauft hatte. „40 Mark?", fragte sie mit ihrem reizendsten Lächeln. Der Mann winkte endgültig ab.

Mein italienischer Freund gab mir die Kaffeebecher zurück, zählte mein Geld nach, schüttelte amüsiert den Kopf und gab einem seiner Kumpels ein Zeichen. Der ging daraufhin zu Katharina, entblößte seine Goldzähne und kaufte ihr das Auto ohne Umschweife für 100 Mark ab.

Eine halbe Stunde später wanderten wir zur Bushaltestelle. Katharina strahlte und patschte auf ihre Hosentasche mit den Geldscheinen drin. „Du hast mir Glück gebracht", sagte sie. „100 Mark – das ist mehr, als ich erwartet hatte. Unter uns gesagt, die sahen ja aus, als wären sie von der Mafia. Aber egal – Hauptsache, die Kiste ist weg." Sie setzte sich in das Wartehäuschen und guckte mich an. In ihrem Blick war nichts Triumphierendes. Aber ich weiß, woran sie dachte: an unsere Wette. Klar, Katharina hatte gewonnen.

Ich warf einen Blick auf den Fahrplan. Den letzten Bus hatten wir knapp verpasst und der nächste kam erst in einer Stunde. Katharina ließ ihren Blick schweifen und meinte betont beiläufig: „Hör mal, ich bin eventuell bereit, unsere Wette zu vergessen. Sofern ..." Sie zögerte. „Sofern du dich von mir zu einem Eis einladen lässt."

Ich tat so, als müsste ich mir das gründlich überlegen. Schließlich gab ich ihr die Hand darauf: 50 Mark schienen mir ein fairer Preis für ein Eis mit Katharina zu sein. Ich zog sie von der Wartebank hoch – jetzt war ich es, der zur Eile antrieb: „Lass uns lieber zu Fuß gehen. Wenn der Mafia die Außenspiegel abfallen, wäre ich gern über alle Berge."

Während wir die einsame Landstraße entlang wanderten, erzählte Katharina von ihrem letzten Urlaub: eine Wanderung durch den Schwarzwald. „Wir sind dem Herwegh-Zug gefolgt", berichtete sie. „Eine Bahntrasse?", erkundigte ich mich. Zuerst dachte sie, ich wolle sie auf den Arm nehmen. Dann erklärte sie, Herwegh sei ein Dichter gewesen, der sich Mitte des 19. Jahrhunderts aus Paris auf den Weg machte, um mit einer Gruppe von Revolutionären den Aufstand in Baden zu unterstützen. Vier Tage lang irrten die Männer – und Herweghs Frau – zu Fuß durch das verschneite Gebirge.

Kurz vor der Schweizer Grenze mussten sie sich geschlagen geben. „Genau diesen Weg sind wir nachgewandert", schloss Katharina. „Eine Bekannte ist bei den Naturfreunden. Da wurde in einem Vortrag ein Wanderführer vorgestellt, mit überlieferten Zitaten der Freiheitskämpfer und einer exakten Wegbeschreibung. So konnten wir uns auf jeder Etappe vor Augen führen, wie das damals abgelaufen ist."

Ich fragte sie, ob auch ihr Freund mitgewandert sei. „Der ist froh, wenn er aus den Wanderschuhen mal rauskommt! Nee, wenn man im Allgäu lebt, knallt man sich im Urlaub lieber an den Strand." Unvermittelt meinte sie, wandern müsse doch ganz nach meinem Geschmack sein. Keine Ahnung. Von Schulausflügen abgesehen, hatte ich damals noch keine Gelegenheit gehabt, das zu testen. Mit meinen Eltern hatte ich immer nur Pauschalurlaube absolviert.

„Du bist der archetypische Wanderer", meinte sie. Nicht nur, dass man beim Wandern wunderbar seinen Gedanken nachhängen könne, nein, ohne moderne Hilfsmittel das Land zu durchqueren, jeder Witterung trotzend, das sei eine Erfahrung, die uns zu unseren Wurzeln zurückbringt und mit unseren Vorfahren verbindet. „Übrigens auch ein ergiebiges Thema für deine literarische Arbeit: trotz aller Umwege vorwärtskommen, Meter für Meter deine Wegstrecke abarbeiten, Hindernisse überwinden und unterwegs spontan dein Ziel ändern, wenn du in eine Sackgasse geraten bist – ich finde, jede Wanderung symbolisiert auch unseren Weg durchs Leben!" Ich staunte: „Du solltest schreiben", sagte ich, „nicht ich." Sie schüttelte den Kopf: „Nein, mein Lieber. Ich bin eine Blenderin. Sei bloß auf der Hut!"

Später beim Eis fragte sie mich: „Hast du manchmal das Gefühl, dass du anders bist?" Ich hatte den Mund voll Vanillesoße, was mir Zeit zum Nachdenken gab. Schließlich antwortete ich: „Dass ich neben den anderen herlaufe, ja." Sie lobte die Erdbeeren, mit denen ihr Eisbecher garniert war, für die Jahreszeit seien die ganz passabel, dann erzählte sie: „Wir haben in der Schule mal diskutiert, was wir vom Leben erwarten, weißt du, was wir für Ziele haben. Und jemand meinte ..." Sie imitierte den Tonfall. „Oh, ich glaube, da sind wir uns einig: Familie, ein schönes Häuschen und einen lukrativen Job." Sie unterbrach sich, um die letzte Erdbeere zu essen – sie bot sie mir an, aber als ich dankend ablehnte, zuckte sie mit den Schultern und verschlang sie auf einen Biss.

„Also, heiraten will ich nie", fuhr sie fort, „und ein lukrativer Job? Wozu soll man mehr verdienen, als man zum Leben braucht? Das habe ich nie verstanden." Ich putzte mir mit einer Papierserviette die Lippen ab. „Zum Beispiel", schlug ich vor, „damit man nicht erst seine Ente verscherbeln muss, wenn man umziehen will." Sie ließ sich auf ihrem Stuhl zurückfallen, als hätte ich sie mit der Faust niedergestreckt. „Autsch, das saß. Du gehörst also eher zu der Fraktion, die fleißig Rücklagen bildet?"

Ich hob abwehrend die Hände: „Ich gehöre zu überhaupt keiner Fraktion." Sie nickte befriedigt: „Also bist du anders." Ich kratzte meinen Becher leer, der Bodensatz war besonders süß. „Ich weiß nicht, ob das eine Auszeichnung ist", gab ich zu bedenken. „Ich glaube, es ist besser, man gehört irgendwohin." Sie warf ihre zerknüllte Serviette in den leeren Becher. Dann sagte sie: „Du suchst. Immerhin." Ich antwortete: „Nein, du suchst. Ich warte nur." Sie lehnte sich zurück und verschränkte die Arme vor der Brust. „In unserem Abi-Buch stand über mich, ich sei das soziale Gewissen der Stufe." Dabei rümpfte sie die Nase. „Die Weltverbesserin. Weil ich Stufensprecherin war, Demos organisiert habe. Und schon hat man so 'nen Stempel weg! Dabei stelle ich mich nur meiner Verantwortung. Und du bist der Sonderling, der mit keinem was zu tun haben will. Weil er nie was sagt. Weil er denkt, er steht über den anderen. Hab' ich recht?" Ich nickte. „So ungefähr." Plötzlich grinste sie breit: „Wir haben uns nicht den einfachsten Weg ausgesucht."

Nach der Eifelwanderung mit Sandra starte ich voller Tatendrang in die neue Woche. Als Erstes melde ich mich krank. Unglücklicherweise verpasse ich dadurch den Gießkannentag in Gießen. Ich will die Zeit nutzen, um Ideen für mein Theaterstück aufzuschreiben. Um einen jungen Mann soll es gehen, der mit Anfang 30 noch einmal durchstartet. Sich neue berufliche Perspektiven erschließt. Den Kontakt zu einer alten Jugendliebe wieder aufnimmt. Sein Privatleben ordnet. Gewisse autobiografische Parallelen sind rein zufällig.

Mein Hausarzt meint, mein Hals sei nicht entzündet, meine Lunge frei. Ich gebe zu bedenken, dass ich mich schlapp fühle, keine Energie habe und einfach mal auftanken muss – eine Woche Bettruhe, dann läuft der Laden wieder. Er hält mich für einen Simulanten. Zu Recht. Mehr als zwei Tage sind nicht drin.

Nachdem ich das Attest ins Büro gemailt habe, teile ich Paula mit, dass wir unsere Verlobung besser lösen sollten. Das habe ich mir beim Frühstück überlegt, und spontan beschlossen, diesem Impuls zur Abwechslung Taten folgen zu lassen, statt ihn ausgiebig zu zerdenken. Paulas Antwort: »Leider bin ich nicht erreichbar. Ihre Anfrage wird zur Bearbeitung weitergeleitet.«

Daraufhin klettere ich auf den Dachboden. Zu dem Mietshaus, in dem ich wohne, gehört ein Dachstuhl, auf dem wir unsere Wäsche aufhängen und gekennzeichnete Bereiche zur Aufbewahrung von persönlichem Plunder benutzen dürfen, sofern er ordentlich in Kisten verpackt und nicht entzündbar ist. Dort habe ich meine alten Schülerzeitungen verstaut. Im untersten Karton – zwischen muffigen Karnevalskostümen, moderiger Bettwäsche und meinen allerersten Gehaltsabrechnungen – finde ich die vergilbten Pamphlete. Mit der Maschine geschrieben sind sie, schlecht kopiert und schief getackert – aber beim Durchblättern kriege ich feuchte Augen.

Frau Schneider aus dem ersten Stock schlendert mit einem Wäschekorb unter dem Arm herein und fragt mich, ob alles in Ordnung sei. „Nur der Staub", winke ich ab. Das Heft, das meinen Artikel zum Thema Atomenergie enthält, hat einen Schlumpf auf dem Cover. Ich erinnere mich an die Kontroversen, die es um diese Abbildung gab. „Schlümpfe gehen immer", hatte unser Layouter gemeint, was daraufhin in der Redaktion zum geflügelten Wort wurde. Jahre nach dem Abitur traf ich zufällig unseren Chefredakteur wieder. Er sagte nichts weiter als: „Schlümpfe gehen immer." Dann lachte er brüllend und zog von dannen.

Natürlich half mir Katharina mit meinem Artikel. Ich besuchte sie, sie sprach bestimmt eine Dreiviertelstunde über das Thema – leidenschaftlich, pointiert, facettenreich. Dabei aßen wir Lakritz und tranken selbstgemachte Limonade. Es nervt mich, wenn Leute mich vollquatschen, aber Katharina habe ich immer gerne zugehört. Im Laufe des Nachmittags kritzelte ich meinen kompletten Notizblock voll, zu Hause habe ich mich direkt darangemacht, die Notizen zu ordnen und einen Artikel daraus zu meißeln. Als ich spätabends ins Bett ging, hatte ich ein Manuskript, auf das ich stolz war. Ich weiß nicht, ob es mein Manuskript war, bestenfalls war es unseres – aber das machte mich umso stolzer. Ich brannte darauf, den Text am nächsten Tag der versammelten Redaktion vorzulesen.

Dass er gut ankam, merkte ich schon daran, dass der Schmalfilm-Fan seine Zeitschriftenlektüre unterbrach, um mir zuzuhören – eine Auszeichnung ganz besonderer Art. Danach kam nur noch der Pulitzerpreis. Ich las mich heiser, legte den Papierstapel hin und sah erwartungsvoll in die Runde. Als Erster durchbrach der Layouter die Stille: „Wahrscheinlich müssen wir kürzen. So zwei, drei Seiten. Aber ansonsten ... Kompliment!" Auch Marie lächelte. „Du bist ja ein richtiger Experte", sagte sie leise, frei von Ironie. „Ach, eine Freundin hat mir geholfen", erwiderte ich bescheiden. „Larmoyanz würde ich durch ein deutsches Wort ersetzen", kritisierte Klaus. Die anderen fanden ihn kleinlich. „Gut, dann kommen wir jetzt zur Witze-Seite ..." „Gemacht! Wir brauchen Bilder für den Atomspuk." Der Layouter wandte sich an Marie: „Fällt dir was Spritziges dazu ein?" Zögernd nickte sie. „Eine Karikatur vielleicht. Ich versuch's mal."

Ich schwebte. Weil ich soeben zum allerersten Mal mit Marie gesprochen hatte? Oder wegen der Anerkennung für meine Schreibarbeit? Oder weil ich es geschafft hatte, andere für ein Thema zu begeistern, das Katharina so sehr am Herzen lag?

Eines gelehrten Disputs über das Genitiv-S wurde ich nur noch am Rande gewahr. Auch, wo wir einen Pinguin für die Titelgeschichte zum Thema globale Erwärmung herbekommen könnten, wusste ich nicht. Der Layouter hatte nichts zu Klaus' Cover-Entwurf zu sagen, fand ihn jedoch prinzipiell „indiskutabel". Klaus degradierte den Layouter zum freien Mitarbeiter. Anstelle des Pinguins einigten wir uns auf einen Schlumpf. Die Sitzung war beendet.

„Kommst du jetzt öfter?", fragte mich Marie. Ich nickte erschrocken.

Die anderen mussten noch zum Hausmeister, um den Schlüssel abzugeben – wir waren die Letzten im Gebäude. Ich ging mit Marie zum Hinterausgang, wo die Fahrradständer standen. Eigentlich war das nicht meine Richtung, sie hatte mich auch nicht gebeten, sie zu begleiten, ich trottete einfach hinterher, aber das war in Ordnung, glaube ich. Sie erwähnte die Deutsch-Referate. Ich war ihrer Meinung: »Amerika« fand ich ebenfalls konfus.

Gemeinsam tauchten wir in die Nachmittagssonne ein. Unter einer Regenrinne drängelten sich Tauben, hopsten aufgeplustert durch das Rinnsal, schüttelten ihr Gefieder und rangelten um die besten Plätze. „Sieh mal ...", sagte ich und machte Marie auf das Schauspiel aufmerksam.

Sie lächelte. Das zweite Lächeln dieses Tages. „Und was machst du nach der Schule?", fragte sie unvermittelt. – „Äh, ich ... aufräumen vielleicht. Mal sehen ..." – „Nach dem Abitur, meine ich. Ich studiere Kunst. In Berlin, wir haben Verwandte da." Weil sie die Tauben beobachtete, konnte ich ungeniert ihr Gesicht betrachten, ihre Ohren, ihre Nase ... Hübsch, keine Frage. „Eine Riesenstadt", sagte sie. „Anders als Köln. Ganz geheuer ist mir das nicht, da kann man leicht verloren gehen. Aber ich hab' Freunde da." Marie war erst spät an unsere Schule gekommen, Anfang der neunten Klasse – bislang hatte ich nicht gewusst woher, sie berlinerte nicht. „Und du?", fragte sie. Wieder sah ich überrascht auf: „Ich war noch nie in Berlin." Sie schmunzelte: „Ich meinte, was du nach dem Abitur machst."

Bei der Musterung hatte ich angegeben, dass ich den Wehrdienst verweigern wolle, mich aber bislang nicht um eine Zivildienststelle bemüht. Mittlerweile fragte ich mich, ob es nicht vernünftiger wäre, den Drill mitzumachen, mir ein Jahr Fremdbestimmung zu geben, um anschließend gereift und geläutert – möglicherweise erwachsener – meine Zukunft in Angriff zu nehmen. Diese diffusen Gedanken wollte ich ihr mitteilen, alles schlüssig und druckreif erklären, ich schnappte nach Luft, verlor aber augenblicklich den Faden und sagte gar nichts mehr. Es fühlte sich an, als hinge ein Vorhang zwischen uns. Ich dachte an Katharinas Worte: „Trau dich! Wenn's schiefgeht, kriegst du von mir ein schickes Verwundetenabzeichen." Katharina hatte ich meine Überlegungen zum Thema Wehr- oder Zivildienst problemlos auseinandersetzen können.

Marie legte den Kopf in den Nacken und guckte sich die Wolken an: „Ich mache mich lieber auf den Weg", sagte sie, „bevor es regnet." Ich nickte, alles klar, und dachte: geh nicht, aber sie streifte sich schon die Handschuhe über, bleib noch eine Sekunde, zog ihre Mütze auf, ich muss dir noch etwas sagen, knöpfte ihren Mantel zu und schloss ihre Tasche. „Mach's gut!", sagte ich.

Tags darauf schrieb ich Marie einen Brief. Ich saß in der »Cinemathek« in der letzten Reihe, der Film langweilte mich, und ich schrieb ungefiltert alles auf, was mir durch den Kopf ging. Katharina hatte mir geraten, öfter auf mein Bauchgefühl zu vertrauen – ich freute mich schon darauf, ihr die Episode zu erzählen. Ich wäre gern mit ihr zusammen ins Kino gegangen, aber sie hatte keine Zeit. Am Vorabend hatte ich sie endlich ans Telefon gekriegt, nach zahlreichen vergeblichen Versuchen, ich hatte schon Angst gehabt, sie sei vielleicht umgezogen, ohne mir etwas zu sagen, aber dann meldete sie sich plötzlich und erzählte, dass sie mal wieder auf tausend Hochzeiten gleichzeitig tanze – „glaub mir, dich würde ich lieber heute als morgen sehen. Aber im Moment sind die Tage einfach zu kurz." Ich berichtete, wie gut den anderen der Artikel gefallen habe und sie erkundigte sich nach Marie. Da konnte ich auftrumpfen! „Ruh dich jetzt nicht auf deinen Lorbeeren aus", mahnte Katharina. „Bleib am Ball! Wenn ich dich das nächste Mal frage, möchte ich nicht hören, dass es nichts Neues gibt!" Sie klang streng, aber dann lachten wir.

Der Film, den ich an jenem Nachmittag in der Cinemathek sah, hatte ein Happy End. Das fand ich doof.

Hat das Leben etwa ein Happy End? Nur unter einer Bedingung: Tritt im nächstbesten Moment der Vollkommenheit sofort ab!

An der Kinokasse fragte ich nach einem Briefumschlag. Zuerst sah die Frau mich komisch an, aber dann verschwand sie in ihrem Büro und holte mir einen. In einer Telefonzelle suchte ich mir Maries Hausnummer heraus – in welcher Straße sie wohnte, wusste ich – und kaufte in einem Kiosk eine Briefmarke. Dann überquerte ich die Domplatte Richtung Hauptbahnhof. Normalerweise standen die Chancen ausgezeichnet, hier kunstvoll über den Haufen geskatet zu werden. Aber jetzt war Weihnachtsmarkt, verliebte Pärchen schlürften händchenhaltend Glühwein. Erstmals sehnte ich die tumben Skater herbei. Während ich meinen Brief einwarf, beobachtete ich den mürrischen Maronenmann, der gerade mit dem Daumennagel seine Schneidezähne säuberte. Plötzlich fühlte ich mich einsam inmitten der vielen Menschen und freute mich auf mein Zimmer, wo ich wieder allein sein konnte.

In der Nacht lag ich wach und fragte mich, was ich mir von der Aktion versprach. Natürlich rechnete ich nicht damit, dass Marie mich nach der Lektüre freudig in die Arme schließen würde. Aber hatte ich überhaupt eine Wahl gehabt? Wie hätte ich vor Katharina dagestanden, wenn ich nichts unternommen hätte?

Im Morgengrauen kapierte ich endlich, worum es in dieser Geschichte wirklich ging. Um Katharina zu beweisen, dass ich ein Mann der Tat war, Herausforderungen mutig anpackte, für meine Träume zu kämpfen bereit war, hatte ich einer anderen Frau einen Liebesbrief geschickt. Ich trieb die Sache voran, um Katharina davon erzählen zu können. Sicher, Marie war hübsch, keine Frage, aber das allein war noch lange kein Grund, so aufgeregt auf brüchigem Eis herumzuspringen, wie ich es gerade tat.

Als ich mich auf mein Rad setzte, in Maries Stadtteil fuhr und mich in ihrer Straße hinter einem Stromkasten setzte, um den Briefträger abzufangen, da wusste ich, dass ich der falschen Adressatin geschrieben hatte. Ich war entschlossen, dem Briefträger meinen sentimentalen Schnellschuss wieder abzujagen, selbst wenn ich ihm dafür sämtliche Details meines tragischen Liebeslebens bloßlegen musste. Als Absender stand ja mein Name auf dem Umschlag, ich würde meinen Personalausweis vorzeigen, dann würde ich den Brief schon zurückbekommen.

In der Ferne tauschten Amseln ihre morgendlichen Bestandsmeldungen aus: Wer von euch lebt noch, wer ist weggezogen, wer ist noch zu haben? Der Baggersee war nicht weit von hier. Wie gerne hätte ich mich jetzt in eins der vermoosten Ruderboote gesetzt, das Grübeln eingestellt und den Dingen ihren Lauf gelassen.

Kurz vor acht fielen die ersten Menschen aus ihren Häusern. Ein paar Härtefälle im Synthetik-Saitling gingen joggen. Als die ersten Sonnenstrahlen über Maries Haus krochen, stellte ich fest: Es war ein Haus wie alle anderen. Rosensträucher im Vorgarten, Efeu an der Garagenmauer, ein Zwerg im Eingangsportal. Ich fragte mich, hinter welchem Vorhang sie schlief. Hinter dem blauen im zweiten Stock? Je länger ich darüber nachdachte, desto schläfriger wurde ich.

Ich bemerkte eine Frau im Bademantel, die hinter ihrem Küchenfenster mit einer aufgerollten Zeitung herumfuchtelte. Es war eindeutig, dass sie mich meinte. Ich ignorierte sie, rieb mir nervös die Augen. Hatte ich den

Briefträger schon verpasst? War ich etwa eingenickt? Ich kramte in meinem Anorak nach meiner Uhr, aber ich fand sie nicht.

Irgendwo hustete sich ein Kettenraucher seinen Morgenschleim von der Lunge, sein täglicher Überlebenskampf hallte durch die ganze Siedlung. Es war mir ein Rätsel, wie die Leute in dieser Gegend abends ihre Häuser wiederfanden – das Straßennetz erinnerte mich an die Wollfäden im Nähkasten meiner Oma.

Im Erdgeschoss von Maries Haus brannte jetzt Licht. Kaum hatte ich das bemerkt, ging auch schon die Tür auf. Jemand holte die Zeitung herein. Auf die Entfernung konnte ich das Gesicht nicht erkennen, aber es war auf jeden Fall ein Mann. Das Zimmer im zweiten Stock mit dem blauen Vorhang war noch immer dunkel.

Der Mann verschwand, die Tür fiel hinter ihm ins Schloss, und gleich darauf hörte ich ein Quietschen – tatsächlich, da bog der Postbote mit seinem Handwagen um die Ecke. Mein Herz klopfte schneller, ich stand auf und stieg hinter meinem Stromkasten hervor. Der wird sich einen Ast lachen, dachte ich, wenn er meine Geschichte hört. Aber was scherte mich das? Hauptsache, er stellte den Brief nicht zu. Ich war gerade losgespurtet, da tauchte hinter dem Postboten ein Streifenwagen auf. Ich blieb stehen. Komisch, dachte ich, dass der hier durchfährt, auf der Hauptstraße käme er doch viel schneller voran. Ich drehte mich um und sah, dass die Frau mit der aufgerollten Zeitung noch immer durch ihr weihnachtlich geschmücktes Küchenfenster linste. Ihre blinkende Fegefeuerdeko war greller als das Blaulicht. Der Polizist kurbelte sein Fenster herunter, fragte den Briefträger irgendwas – erkundigte er sich nach einer Adresse? Aufmerksam verfolgte ich das Geschehen, der

Briefträger zeigte auf das Haus der Frau im Bademantel. Wieder drehte ich mich um und die Frau kniepte mir zu, ein hämisches Grinsen im Gesicht.

Im nächsten Moment sprang ich aufs Rad, fluchte vor mich hin, bog in die nächstbeste Gasse, legte mich fast auf die Nase, weil hier ein Kiesweg begann, raste wie der Teufel, erreichte das Ufer des Baggersees, ein Jogger trabte vorbei, ich bremste und sah mich um. Sie folgten mir nicht. Warum sollten sie auch, ich hatte nichts getan. Ich wartete. Wagte ich es, einen Bogen zu fahren und noch einmal in Maries Straße zurückzukehren? Wahrscheinlich wäre es sinnlos – inzwischen hatte der Postbote den Brief längst zugestellt. Die Häuser in dieser Straße hatten nur Türschlitze, keine richtigen Briefkästen – man stelle sich die Szene vor, ich mit der Hand im Schlitz, während Marie einen Stock höher die Vorhänge zurückzieht.

Ich fluchte, so laut ich konnte, der Jogger drehte sich um, guckte mich missbilligend an, während er seine sexy Turnhose von den geäderten Beinen bis unter die wildbewuchterten Achseln zog. „Frohe Weihnachten!", brüllte ich ihm zu.

Zu Hause schrieb ich eine launige Kurzgeschichte über das Debakel. Ich schickte sie Katharina als Weihnachtsgeschenk. Das war die erste Kurzgeschichte, die ich jemals jemandem gezeigt habe. Anfang Januar rief sie an, wünschte mir ein frohes neues Jahr und entschuldigte sich, dass sie es vor Weihnachten nicht mehr geschafft hatte, sich zu melden. Ich erkundigte mich, ob ihr die Kurzgeschichte gefallen habe – ja, sagte sie, besonders dieser dramaturgische Kniff, dass dem Ich-Erzähler im allerletzten Augenblick aufgeht, dass er der falschen Person geschrieben hat. Auf Ähnlichkeiten mit real existierenden Personen ging sie nicht ein. Ob aus Diskretion oder weil sie die Geschichte tatsächlich als reine Fiktion gelesen hatte, weiß ich bis heute nicht.

Ich verarbeite die Episode jetzt auch in meinem Theaterstück. Nach getaner Arbeit rufe ich meine E-Mails ab und finde eine Nachricht von Sandra. Sie hat sich erstmals an einem Prosatext versucht. Ich lese ihn direkt, dann habe ich's hinter mir, und erröte: Ihre Geschichte ist eindeutig erotischer Natur. In der Begleit-Mail fragt sie mich, was ich davon halte. Ich antworte ihr, dass ich sie dramaturgisch schwach finde und Verbesserungspotenzial sehe. Aber ich biete ihr an, den Text gemeinsam mit ihr zu überarbeiten – ein Vorwand, um mich endlich nach dem Foto in ihrem Badezimmer zu erkundigen. Könnte doch sein, dass Sandra weiß, was aus Katharina geworden ist. Mich ärgert, dass ich nicht geistesgegenwärtig genug war, das Thema bereits in der Eifel anzuschneiden.

Auch Paula hat geschrieben. Sie hat einen Termin beim Standesamt reserviert: Freitag in zwei Wochen, zwölf Uhr mittags. »Bitte denke daran«, schreibt sie, »rechtzeitig Urlaub einzureichen.«

5

Meinen zweiten Krankheitstag nutze ich für eine Fahrt nach Bad Breisig. Ich steige aus dem Zug und mit jedem Schritt gehe ich ein paar Jahre zurück. Natürlich wird sie jetzt nicht plötzlich um die Ecke biegen, aber das Ziel meines Ausflugs ist klar: sie wiederzusehen. Davor habe ich Angst. Noch mehr Angst habe ich allerdings davor, sie nicht wiederzusehen. Sie vielleicht niemals wiederzusehen. Vielleicht beginnt meine Suche deshalb so zögerlich und ohne dass ich eigentlich den Entschluss gefasst hätte, sie zu suchen: Die Fallhöhe ist zu groß. Denn wenn ich erst einmal anfange zu suchen, höre ich womöglich nie wieder auf damit.

Aus dem Gedächtnis hätte ich den Weg nicht beschreiben können, aber jetzt, wo ich alles vor mir sehe, kommen die Erinnerungen zurück. Ich frage mich, ob nicht unser ganzes Leben, jede einzelne Sekunde davon, in unserem Hirn gespeichert ist, jedes Wort, jeder flüchtige Eindruck, jeder Geruch oder Ton. Und wir kommen bloß nicht an alles heran, müssen warten, bis eine Zufalls-Assoziation die entscheidende Brücke schlägt.

An einer Laterne entdecke ich einen bunten Wegweiser zum »Bad Breisiger Märchenwald«. Zum ersten Mal seit Langem höre ich Katharinas Stimme wieder. Auch ihren Gesichtsausdruck sehe ich vor mir, während sie von diesem Märchenwald erzählt – irgendwann im Winter war das, während wir in Köln an einer Bushaltestelle warteten.

Ich muss sie verscheuchen, diese Bilder. Wieso erinnere ich mich Wort für Wort an belanglose Unterhaltungen von vor 15 Jahren, vergesse aber meine eigene Telefonnummer? „Ich sag' dir was: Die größten Geheimnisse verbergen sich nicht im Universum, sondern hier drinnen", sie tockte gegen ihre Schläfe, in unseren eigenen Köpfen. „Dem Universum kommen wir vielleicht mal auf die Schliche – aber was hier drin abgeht, werden wir nie erklären können."

Rheineck, hier bin ich richtig: der kleinste und älteste Stadtteil von Bad Breisig – seine drei Straßen liegen im Schatten des Waldes. Katharinas Elternhaus steht hier.

Ich komme an dem steilen Pfad vorbei, der im Dickicht verschwindet und hochführt zur Burg. »Burg ist nicht mehr zu besichtigen«, warnt ein Schild die Rheinromantiker, die nur zu gerne vom Bergfried auf den Strom blicken würden. Ich folge stattdessen dem Bach, sein sanftes Rauschen begleitet mich auf dem Rest meines Weges. Am neuen Dorfplatz verschwindet er kurz unter dem Asphalt, taucht aber in der Seitenstraße, die zum Kapellchen führt, gurgelnd wieder auf. Vom Kapellchen sind es bis zu Katharinas Elternhaus nur noch wenige Schritte. An dieser Stelle führt eine schmale Treppe hinunter zum Wasser, „früher haben wir da unten gesessen", sie und ihr Bruder, „und haben Papierschiffchen auf die Reise geschickt. Und dann sind wir rübergerannt, wo jetzt der Dorfplatz ist, und haben geguckt, ob die Schiffchen da wieder rausschwimmen."

Ich raffe mich auf, gehe weiter, der Asphalt ist brüchig und bröckelig wie damals, daran hat sich nichts geändert. Gleich muss es kommen, das Haus, auf der linken Seite. Ich erwarte nicht, sie persönlich anzutreffen, natürlich nicht, bestenfalls wird irgendwer aufmachen, der mir ihre Adresse geben kann, ihre Familie wird ja wissen, wo sie zu erreichen ist. Und vielleicht erfahre ich bei der Gelegenheit, was aus ihr geworden ist, was sie jetzt beruflich macht – dann habe ich wenigstens einen Aufhänger, wenn ich unvermittelt in ihr neues Leben hineinplatze. Zum Beispiel: »Mensch, ich habe gehört, du bist jetzt bei der UNO?«

Während ich noch überlege, ob ich eine Nachricht im Briefkasten hinterlassen soll, falls niemand aufmacht, erreiche ich das Haus und sehe: Es ist unbewohnt. Offenbar schon länger. Verwildert sah es immer aus, daran erinnere mich, angenehm verwildert, aber jetzt ist es zugewachsen. Der Wald hat es vereinnahmt. Efeu wächst durch ein offenes Fenster im ersten Stock, die Haustür ist mit Brettern vernagelt. Über einen Fußweg klettere ich durch den Garten nach hinten, muss immer wieder Gestrüpp zur Seite schieben. Wie der Garten damals aussah, weiß ich nicht – betreten habe ich ihn nie, bloß oben vom Fenster aus gesehen. Eine Wäscheleine ist noch gespannt. Ich recke den Hals und sehe Katharinas Fenster, vom Efeu halb überwuchert. Ich setze mich auf ein Steinmäuerchen.

Ein paar Minuten lang ringe ich mit mir, hier hinten sind die Fenster nicht vernagelt, es wäre ganz einfach: eine Scheibe einschlagen und reinklettern. Einen Hinweis finde ich wahrscheinlich nicht. Aber schon jetzt stecke ich so tief in der Vergangenheit – ich werde gierig, will mehr, mehr Bilder von damals. Die altmodischen Tapeten im Treppenhaus fallen mir ein. Und Katharinas Badezimmer mit einer leicht gewellten Ausgabe von »In 80 Tagen um die Welt« neben der Wanne.

Natürlich steige ich nicht ein. Angst, erwischt zu werden? Nein, Respekt. Es ist ihr Haus, trotz allem. Ich warte, bis es dämmert, hocke schier ewig auf diesem Mäuerchen. Irgendwann raffe ich mich auf. Ein paar Schritte die Straße hoch, steht die alte Mühle – früher ein Restaurant, aber in der Vitrine, wo eigentlich die Speisekarte hängen sollte, steht: »geschlossen«. Ich gehe weiter, klingele am nächsten Wohnhaus. Ich erwarte Misstrauen, auf dem Dorf kennt man sich, da weiß man, wer dazugehört und wer nicht, und wenn ich frage, wo Familie Friedbach hingezogen ist, wird man mir sagen, dass mich das nichts angeht.

Doch die Frau lächelt. Hinten im Wohnzimmer spielen Kinder im Schlafanzug. Mit einem Hund. „Tut mir leid, da kann ich Ihnen nicht helfen", bedauert die Frau. Sie guckt, als täte ihr das wirklich leid. „Den Mann hab' ich nur ein paar Mal gesehen, der war viel im Ausland, glaube ich." Sie guckt fragend. Ich erkläre: „Ich kannte die Tochter. Wir waren mal befreundet." Sie wirft einen Blick nach hinten, der Hund jault, die Frau erzählt weiter. „Ah ja, an die erinnere ich mich. Erfrischend war die!" Ein entsetzliches Wort. „Sehr rührig! Aber die ist schon lange weg. Hätte ich mir auch nicht vorstellen können, dass die hierbleibt." Wir lächeln beide. Ich weiß nicht, was ich noch fragen soll. „Kennen Sie jemand, der vielleicht wissen könnte, wo die geblieben sind?" Sie guckt rüber auf den Waldhang, zuckt dann mit den Schultern. „Nee. Die Friedbachs hatten mit der Dorfgemeinschaft nichts am Hut. Das waren Zugezogene, die kommen und gehen – keine Ahnung, tut mir leid." Dann reißt sie sich los, der Hund braucht Hilfe. „Schönen Abend noch", wünsche ich reflexartig.

Am Bach entlang laufe ich zurück, als hätte ich noch was in petto, der Bach plätschert tröstend, aber das hilft ja auch nichts.

Ich wandere zurück Richtung Bahnhof, aber heimfahren kann ich jetzt noch nicht – ich will noch nicht wahrhaben, dass es hier nichts mehr zu tun gibt. Rechtzeitig vor der Bushaltestelle am Ortsausgang biege ich auf den steilen Weg ab, der zur Burg führt. Nach knapp 150 Metern weist ein Felsen den Weg zum jüdischen Waldfriedhof – ich verlasse die gepflasterte Zufahrt zur Burg und stapfe durchs raschelnde Laub in den Wald hinein. Ich kraxle und klettere, und nach zehn Minuten stoße ich auf die ersten Grabsteine – schief und moosbedeckt stehen sie im Laub herum wie stille Wanderer, die sich verirrt haben und darauf warten, dass jemand sie abholt. Ich habe eine Eichhörnchenfamilie aufgeschreckt. Die Tiere erstarren, ich versuche zu signalisieren: Freund, nicht Feind! Drei nehmen Reißaus, das Vierte guckt mich an. Ich erwidere den Blick. Es kommt auf mich zu, erschrocken weiche ich zurück. Da bleibt es stehen, gibt sich mit meiner Reaktion auf seine Drohung zufrieden.

Am Hang schwenke ich nach rechts, und bald stehe ich auf den Resten der römischen Befestigungsanlage. Bei klarem Wetter kann man von hier aus den Bonner Post-Tower sehen – aber mehr als das hell erleuchtete Rheintal interessiert mich der kleine, stille Ort zu meinen Füßen. Ein paar Laternen brennen. Einen Nachtvogel höre ich, sonst ist es still. Ich war noch nie an diesem Aussichtspunkt, aber Katharina hat mir mehrfach davon erzählt. Sie muss oft hier gewesen sein. Sie hat ihn mir so detailliert beschrieben, dass ich mich direkt zurechtgefunden habe. „Eines Tages zeig' ich dir den mal."

Wie ein alter Mann komme ich mir vor, der nach Jahrzehnten in seine Heimat zurückkehrt, die Sinne vernebelt von Nostalgie. Alles vorbei, abgeschlossene

Geschichten, vielleicht fehlt noch eine Fußnote hier und da, aber es ist klar, worauf alles hinauslaufen wird. Bitter? Nein, die Erinnerung wärmt.

Zum Schluss schlendere ich die stille Rheinpromenade entlang. Viele Restaurants sind da, aber die Kneipe, in der wir damals nach der Podiumsdiskussion saßen, die finde ich nicht mehr. Der Wirt war alt, wahrscheinlich ist der Laden längst geschlossen. Ich könnte irgendwo fragen, aber so wichtig ist es auch wieder nicht.

Katharina ist an einem Januarmorgen vor 15 Jahren hier weggezogen. Ich weiß noch, dass es an diesem Tag schneite.

Sie öffnete mir die Tür – und guckte geradewegs durch mich hindurch: „Oh nein, es schneit?!" Dann erst begrüßte sie mich: „Hey, komm rein. Lieb, dass du mithilfst!" Im Flur stapelten sich Kartons jeder Größe und Farbe, dazwischen lagen verschnürte Bücherstapel. Mittendrin: eine einsame Yucca-Palme. Sie brüllte ins Haus hinein: „Draußen schneit es, verflixte Kacke!!!" – „Och nö", rief irgendwer von oben zurück.

An ihren Turnschuhen konnte ich ablesen, in welcher Farbe sie ihr neues Zimmer in Köln gestrichen hatte. Sie fragte: „Du hast nicht zufällig ein paar Quadratkilometer Plastikplane mitgebracht?" Da musste ich passen. Sie erklärte: „Bernd hat einen Transporter mit offener Ladefläche gemietet." Dabei guckt sie wie: »In Tschernobyl gab es heute einen Zwischenfall«.

Sie wischte sich ein paar Schweißperlen von der Stirn. Ein Teint wie zerlassene Butter. Nein, wie flüssiges Gold! Sie bemerkte meinen Blick und rieb sich die Wangen: „Oh, hab' ich immer noch Goldfarbe im Gesicht? Karin hatte gestern Geburtstag. Das geht so schwer ab, das Zeug!"

Bernd, den ich nach der Podiumsdiskussion kennengelernt hatte, stolperte die Treppe herunter, einen Rucksack über jeder Schulter und den Gurt einer Sporttasche zwischen den Zähnen. Offenbar erinnerte er sich an mich: „FFgnmghh!", verkündete er. Ich nickte erfreut, Katharina nahm ihm die Sporttasche ab.

Hinter mir klappte eine Tür auf und ein Typ mit Ohrring und glitschigem Haar tauchte wie das Monster aus dem Sumpf aus dem Keller auf und streckte uns eine Rolle Kabel hin. „Was anderes finde ich nicht zum Festmachen." Katharina zuckte mit den Schultern. „Dann muss das wohl reichen. Darf ich vorstellen? Das ist Martin, mein kleiner Bruder." Er protestierte – „wie, klein?", sie legte nach: „Unser Nesthäkchen! Wir hoffen, dass er noch wächst und eines Tages mal blitzgescheit wird." Er zeigte ihr seine geballte Faust.

Nach einer halben Stunde Schlepperei hatten wir gefühlte zehn Zentimeter Neuschnee im Haar, nasse Schultern und Gummi-Arme. Katharina und Bernd führten eine fiebrige Diskussion über arktischen Massenfischfang, gleichzeitig zurrte Katharina mit Martins Kabel das wackelige Sammelsurium von Kisten und Möbeln auf der offenen Ladefläche fest – das erforderte Geschick, weil man die 20 Meter Kabel nicht zerteilen konnte, aber Katharina hat beide geschafft: die Fischindustrie und das Kabel. Ich stellte sie mir auf einer Demo vor, wo Pflastersteine flogen, Wasserwerfer die Demonstranten zurückdrängten – und wunderte mich über mein diffuses Verlangen, sie zu beschützen.

Schließlich stemmte sie die Hände in die Hüften und betrachtete unser Werk – ihr gesamtes Eigentum auf einem Haufen: „Fast wie nach der Abi-Feier. Da haben wir unsere Hefte und Bücher zusammengeschmissen und angezündet." – „Was habt ihr?", erkundigte ich mich. Sie beschwichtigte: „Lag am Tequila ... Nicht, dass ich's bereuen würde!"

Zwergenseen aus Schnee bildeten sich auf der Motorradplane und der abwaschbaren Tischdecke, mit denen wir zum Schluss alles abdeckten. „Wenn Papa erfährt, dass du seine Motorradplane benutzt hast", meinte Martin, „kannst du dich warm anziehen." Katharina sah ihn ernst an: „Doch verrate mir, zorniger junger Mann: Wie sollte er das jemals erfahren?"

Die letzten losen Tüten, die noch herumstanden, packten wir uns auf den Schoß; ich konnte kaum noch durch die Windschutzscheibe gucken, so wurde ich zugestapelt. Bernd setzte sich ans Steuer und fuhr los. Im Fahrtwind hörte ich die Plane zuppeln.

Einer der Kartons auf meinem Schoß trug die Aufschrift »Fotos«. Ich überlegte kurz. Es konnte eh niemand sehen, was ich tat – so perfekt getarnt von Tüten und Kartons – also lüpfte ich den Deckel, was mein Aktionsradius gerade noch zuließ. Obenauf lag ein Einschulungsbild: Katharina mit Zahnlücke, Zopf und Schultüte. Dahinter ein neueres: mit wilder Grimasse und fliegendem Haar beim Gemüseschnibbeln. „Ein Wettkampf", erklärte Katharina, „Wirsingwettschneiden."

Ich spürte, wie ich knallrot wurde. „Ertappt?", grinste sie im Rückspiegel. Stammelnd entschuldigte ich mich für meine voyeuristische Entgleisung, sie winkte ab: „Solange du keins von den Aktfotos klaust ..." Ich starrte sie an: ein Scherz? „Ein Scherz", nickte sie. „Ich hab' übrigens gewonnen – ich hab' meinen Wirsing am schnellsten zerhackt." Ich sah mir das Bild genauer an: Das Messer, leicht unscharf, rauschte durch die Luft, von geschreddertem Wirsing wie Konfetti umwirbelt. „Unsere Ortsgruppe musste ein Pfadfinderlager bekochen – hundert hungrige Teenies! Also hatte ich einem Bauern 30 Kilo Kohl aus dem Kreuz geleiert, aber das Zeug musste klein geschnitten werden, worauf natürlich niemand Lust hatte. Also haben wir einen Wettkampf draus gemacht." – „Clever", sagte ich. Sie erwiderte: „Danke", aber es klang ironisch. „Wir haben ganz schön was an Spenden zusammenbekommen an diesem Abend", erinnerte sie sich. Kurz rang ich mit mir, dann schloss ich den Karton wieder.

„Übrigens", sie stieß Bernd in die Seite, „hab' ich neulich Bilder von unserem Sitzstreik gefunden. Weißt du noch? Wo's so kalt war, dass unsere Schokoriegel gefroren sind." Bernd lachte: „Ein Sitzstreik zu zweit, klar weiß ich das noch!" – Sie suchte meinen Blick im Rückspiegel: „20 Leute wollten mitmachen, aber dann haben alle gekniffen." – „Weil's mörderisch kalt war!", ergänzte Bernd und schüttelte sich bei der bloßen Erinnerung. – „Es ging ums Prinzip", beharrte Katharina. Bernd schluckte runter, was immer ihm auf der Zunge lag. Wir hielten an einer roten Ampel, Sekunden vergingen. „Nein, es ging nicht ums Prinzip", meinte Katharina dann, „es ging um die Sache!" Sie schüttelte den Kopf. „Verflixt, warum korrigiert mich denn keiner, wenn ich Unsinn rede?" Bernd und Martin tauschten amüsierte Blicke, dann lachten beide sie aus. Katharina runzelte die Stirn, Bernd duckte sich in gespielter Angst. „Für heute Mittag hab' ich Brote geschmiert", sagte sie. „Extrem lecker. Aber ihr kriegt keinen einzigen Krümel!"

In Köln angekommen, leerten wir die Ladefläche und trugen die Sachen in den vierten Stock. Das nahm, alles in allem, gut vier Stunden in Anspruch, weil das Mietshaus keinen Fahrstuhl hatte. Am späten Nachmittag beschloss ich, mir eine Auszeit zu gönnen. Ein Dutzend Helfer wuselte mittlerweile durch Katharinas Wohnung, bewaffnet mit Akkuschraubern, Putzlappen und Mörteltöpfchen. Ich half noch mit der Waschmaschine, dann fuhr ich zu meinen Eltern, um zu duschen und ein wenig zu schlafen.

Als ich wiederkam, war Katharina allein. Die Tür stand offen, sie saß auf dem Fußboden, eine Milchtüte in der Hand. Die Regale hingen, die falschen Bohrlöcher waren zugeschmiert. Alles erledigt – Katharina auch. „Danke, dass du nochmal kommst", sagte sie. „Aber für heute reicht's. Die anderen hab' ich schon weggeschickt." Ich hockte mich neben einen Wäschekorb voller Schallplatten. „Willst du Musik hören?", fragte ich. Sie schloss die Augen und lehnte den Kopf gegen die Wand: „Ja, gerne." Ihre Nase war ganz staubig, vom Bohren wahrscheinlich. Ich wollte ihr den Staub wegpusten, hatte schon die Lippen gespitzt, aber dann ließ ich es bleiben. „Wie kommst du voran?", wollte sie wissen. Vorsichtig holte ich Jack Hardy aus der Hülle, legte die A-Seite von »The Mirror of my Madness« auf den Teller, aber das Ding drehte sich nicht. Der Stecker war nicht drin. „Womit?" Kurz hob sie den Kopf, musterte mich hinter gehobener rechter Braue: „Na, mit der Zeichnerin." Neben dem Fenster fand ich eine Steckdose, aber das Kabel reichte nicht, also trug ich den Plattenspieler vorsichtig zum Fenster. „Ich glaube, ich habe mich geirrt", sagte ich. Es klang wie ein Eingeständnis meiner Unfähigkeit.

Ich erzählte kurz, dass sie auf meinen Brief nicht reagiert hatte, dass wir uns flüchtig zulächelten, wenn wir uns in der Schule begegneten, aber seit unserer Unterhaltung nach der Redaktionssitzung kein Wort mehr miteinander gesprochen hatten. Bei der Schülerzeitung machte ich nicht mehr mit. Nächste Woche würde ich meine letzten Klausuren schreiben, dann bekam ich mein Abiturzeugnis und um Ostern herum würde das Kapitel abgeschlossen sein: Ich würde Marie nicht mehr wiedersehen. Und das war in Ordnung so. Noch immer stand ich mit dem Plattenspieler in der Gegend herum, denn ich wollte ihn nicht einfach auf den Boden stellen. Also zog ich mit dem Fuß den Schaukelstuhl ein bisschen näher ans Fenster. Ich stöpselte das Gerät ein, hob den Tonarm, der Teller drehte sich. Bloß Musik kam keine. Logisch, es waren ja auch keine Boxen angeschlossen.

Katharina trank einen Schluck Milch. „Inwiefern hast du dich geirrt?" Jetzt hatte sie einen kleinen Milchbart, putzte ihn aber gleich ab. „Keine Ahnung. Ach, das ist alles fürchterlich kompliziert." – „Du traust dich nicht, Tacheles zu reden – was ist daran kompliziert? Hilf mir mal hoch." Sie streckte mir ihre Arme hin, ich kletterte über ein paar Schuhkartons, dann war ich nahe genug bei ihr, sie packte meine Hände und zog sich daran hoch, grimassierend bog sie ihren Rücken durch.

„Hast du Boxen zu dem Plattenspieler?" – „Tja, aber wo? Ist wohl einfacher, wir singen selber was." Mühsam erhob sie sich und schlurfte zur Tür. „Aber erst mal muss ich einkaufen gehen", stöhnte sie. „Die Brote sind alle weg. Und ich hab' Kohldampf!" – „Ich hab' Frikadellen mitgebracht!"

Ihr Gesicht hellte sich blitzartig auf: „Oh, là, là! Weißt du eigentlich, dass du in die Stadtgeschichte eingehst? Als erster Mensch, mit dem ich in Köln einen Fleischklops teile." Gierig fischte sie eine Frikadelle aus der Metzgertüte, hielt sich dann aber zurück: „Eigentlich esse ich nur Känguru-Frikadellen." Todernst sagte sie das. Gleichfalls mit Pokerface erwiderte ich: „Aber die sind aus Känguru-Fleisch!" Sie grinste, biss ein großes Stück ab.

„Scharlatan!", schimpfte sie dann mit vollem Mund. Jetzt musste ich lachen und sie lachte mit – nicht über ihre alberne Bemerkung, nehme ich an, sondern weil sie sich über mein Lachen freute.

Nachdem alle Frikadellen verspeist waren, bot sie mir einen Schluck Milch an. Wir tranken aus derselben Tüte, weil die Gläser noch nicht ausgepackt waren. „Sag ihr, dass du Zeit mir ihr verbringen möchtest", riet sie. „Vielleicht gibt sie dir eine Chance." Sie stand wieder auf, um das Fenster zu öffnen. Die ganze Wohnung roch nach Frikadellen.

Draußen ratterte eine Straßenbahn vorbei, Katharina wohnte jetzt in der Innenstadt. Wer in Bad Breisig aufgewachsen ist, muss sich an diesen Anblick – Barbarossaplatz, Inbegriff städtebaulicher Ignoranz – erst einmal gewöhnen.

„Guck dir die ganzen Pärchen an, die hier vorbeispazieren. Was meinst du, wie viele von denen einfach nicht alleine sein können. Das ist nicht bei allen die große Liebe. Die haben ihre Ansprüche so weit reduziert, dass sie's miteinander aushalten – weil sie einen Koller kriegen, sobald sie mal zwei Tage am Stück sich selbst überlassen sind." Sie zuckte mit den Schultern und drehte sich zu mir um. „Wenn du glaubst, da ist jemand, mit dem du mehr haben könntest als das – dann reiß dich am Riemen und klär das ab. Es lohnt sich, dafür ein Risiko einzugehen."

6

Nach dem Abitur ging ich zum Bund. An meinem letzten Sonntag in Freiheit war ich mit Katharina verabredet. Ich klingelte bei ihr, wir wollten irgendwo etwas essen und anschließend zum Hauptquartier der »Grünen Pinguine« nach Bonn fahren.

Während sie noch rasch die Waschmaschine ausräumte, meinte sie: „Also, ich an deiner Stelle wäre vorher nochmal zum Friseur gegangen. Sonst schicken die dich direkt als Erstes zum Kasernenfriseur – und der ist nicht zimperlich." Stimmt schon, ich hatte ordentlich Wolle auf dem Schädel. „Aber heute ist Sonntag", meinte ich, „da hat kein Friseur offen." Sie musterte nachdenklich ein pinkfarbenes Top, das offensichtlich beim Waschen eingelaufen war. „Wenn du willst, kann ich sie dir schneiden", schlug sie vor. Ich dachte, sie macht Witze.

Eine Viertelstunde später saßen wir im Park. Ich spürte die kalte Schere auf meiner Wange, sah aus dem Augenwinkel meine Haare auf die Erde rieseln. „Dass du auch immer bis auf den letzten Drücker warten musst!", tadelte sie mich. Ich fand, dass sie übertrieb, aber ich wollte mich auf diese Diskussion jetzt nicht einlassen. „Schneid bitte nicht zu viel ab", sagte ich bloß.

Sie stand hinter mir. Mir wäre wohler gewesen, wenn ich ihre Augen hätte sehen können. In der Ferne hörte ich Kirchenglocken und ganz nah an meinem Ohr das Klappern der Schere. Katharina begann zu pfeifen – den »Barbier von Sevilla«, wie passend! „Los", sie klopfte mir auf die Schulter, „stimm ein!", doch ich weigerte mich. Sie pustete mir ins Haar. „Sie hatten die Wahl, Kanonier. Wäre Ihnen ein Kasernenfriseur lieber gewesen?"

Ich hatte Angst davor, sie zu vermissen. Sicher, die letzten Monate hatten wir uns auch nicht regelmäßig gesehen, aber sie war in der Nähe gewesen und sie hatte mir gesagt, ich sei jederzeit willkommen. Und ich wusste, dass sie das ernst meinte, auch wenn ich ein paar Mal vergeblich bei ihr geklingelt, sie etliche Male vergeblich angerufen hatte. Doch nun würde ich Hunderte Kilometer entfernt sein, ein volles Jahr lang. Und, schlimmer noch: Beim Haareschneiden verkündete sie plötzlich, sie werde „übrigens auch ein Weilchen weg sein". Sie hatte sich vorgenommen, drei Monate in Afrika zu verbringen.

Ich war platt. Zunächst würde sie ein paar Wochen bei einer Freundin bleiben, die dort beim Roten Kreuz arbeitete, dann wollte sie wandernd durchs Land ziehen und die Leute kennenlernen. Schon in drei Wochen sollte es losgehen. Mir war klar, dass das kein spontaner Entschluss sein konnte, schließlich brauchte man Visa und Impfungen und solche Sachen, und die Tatsache, dass ich erst unmittelbar vor ihrer Abreise davon erfuhr, kränkte mich. Sie konterte: „Dass morgen dein Einberufungstermin ist, hätte ich auch gern früher erfahren. Abgesehen davon sind wir nicht verheiratet, mein Lieber."

Ich biss die Zähne zusammen und dachte daran, dass zum ersten Mal in meinem Leben ein Abenteuer ohne Netz und doppelten Boden vor mir lag. Zum ersten Mal hatte ich den unbequemsten Weg gewählt – eine Entscheidung, die ich niemandem so recht erklären konnte. „Oh, sieh mal!", rief Katharina. „Da sind ein paar Amselküken!" Sie ließ die Schere sinken. Ich sah mich um, hörte ein unbestimmtes Rascheln im Unterholz, aber woher kam das? „Na, daaaa, bei der Trauerweide!!" Trauerweiden standen hier überall – ich wusste beim besten Willen nicht, welche sie meinte. „Boah", meinte sie, „ehe du reagierst, haben die fliegen gelernt!"

Ihr Schnibbeln klang jetzt verärgert, Frequenz und Vehemenz hatten sich deutlich erhöht. Also hielt ich fortan die Klappe. Ich schloss die Augen und versuchte, an nichts zu denken. Sie machte weiter, ich spürte ihre Finger an meiner Kopfhaut. „Hab ich schonmal erwähnt", fragte sie plötzlich, „dass ich Yul Brynner ungeheuer sexy finde?" Ich überlegte. „Yul Brynner – ist das nicht der ..." Sie klappte meine Ohren zurück. „Der mit der Glatze, genau. SEHR sexy. Aber dir lasse ich ein Haarbüschel stehen. Zum Einfärben. Was ist deine Lieblingsfarbe? Also, ich wäre für Grün. Passt auch gut zu deiner Uniform." – „Irgendwann", knurrte ich, „musst du auch mal wieder zum Friseur. Und dann ..." – „... gehe ich zum Friseur, ganz einfach." Zufällig kannte ich Katharinas Friseur. Meine Tante kaufte Mortadella bei ihm. Die Gastronomie sei schon immer seine heimliche Leidenschaft gewesen, hatte Katharina mir verraten – freilich sei es befremdlich, wenn er mit Kamm und Schere in der einen und dem Telefon in der anderen Hand Wurstbestellungen entgegennahm. „Aber solange er das Haarwasser nicht mit dem Olivenöl vertauscht", kommentierte sie achselzuckend.

Katharina wischte mit der offenen Hand über meinen Kopf, dann legte sie die Schere zur Seite und pustete mir die Haare aus dem Nacken. „Ich hatte ja keine Ahnung, wie eitel du bist. Ehrlich, in der Hinsicht hab' ich dich völlig falsch eingeschätzt. Du kannst aufstehen, wir sind fertig. Sieht gar nicht so schlimm aus." Sie sprang über die Bank und musterte mich: „Im Gegenteil: Siehst gut aus!"

Wir holten uns zwei Bratwurstbrötchen und nahmen den Regionalzug. Von den »Grünen Pinguinen« war für die kommende Woche eine Protestaktion gegen polaren Massenfischfang geplant – und Katharina hatte die Handzettel vorbereitet. „Können die den Laden ohne dich überhaupt am Laufen halten?", fragte ich. „Ich darf nicht vergessen, auch meinen eigenen Laden am Laufen zu halten", erwiderte sie. Während wir darüber lachten, dachte ich: Eigentlich ist nichts Witziges daran. Plötzlich zitierte sie: „Ich gelobe, der Bundesrepublik treu zu dienen und ... wie geht das weiter? Das Recht und die Freiheit des deutschen Volkes tapfer zu verteidigen. Stimmt das?" Ich nickte. „Und darauf kannst du guten Gewissens einen Eid leisten?" Ich zuckte mit den Schultern. Dann grinste sie: „Aber in Uniform siehst du bestimmt schick aus!"

Ich fragte nach der Platte, die ich ihr neulich per Post geschickt hatte – »Der Rattenfänger« von Hannes Wader. Ausweichend meinte sie: „Ehrlich gesagt, kannte ich ihn bisher nur als Kommunisten. Ich wusste nicht, dass er auch Lieder macht." Ich war verblüfft: „Er ist auch politisch aktiv? Also, ich kenne nur seine Musik. Er schreibt großartige Texte und ist ein hervorragender Gitarrist." Sie grinste: „Siehst du, so ergänzen wir uns." Ich erkundigte mich, ob ihr bestimmte Stücke besonders gefallen hätten, aber sie meinte: „Also, vorsingen kann ich dir jetzt nichts. Schätze, ich muss mich erst noch einhören."

Im Büro der »Pinguine« waren wir nicht allein: Georg hatte Quartier aufgeschlagen, um einen Stapel Briefe an potenzielle Sponsoren einzutüten. „Ach, hör mal", fiel ihm ein, „wenn du Tee gekocht hast, denk bitte daran ..." – „... anschließend den Wasserkocher auszukippen, versprochen", Katharina streckte beide Daumen in die Höhe, "keine Kalkskulpturen mehr!" – "Und das Geschirr ..." – "Moment, Spüldienst hatte doch ..." – "Weiß ich. Aber wenn du auf den Tellern Gips anrührst ..." – "Hm? Ach so, der Kartoffelbrei." – "... dann weich sie bitte ein, ja?" – "Geht klar, Papa!"

Sie sah die Post durch, pinnte zwei Ansichtskarten an die Wand, trug irgendwas in den Kalender ein. Georg beugte sich wieder über die Tastatur. "Rufst du mal die Clowns zurück?" Katharina nickte, wunderte sich: "Sind die sonntags da?" – "Klar", meinte Georg, also klemmte sie sich den Hörer an die Schulter und kurbelte an der Rollkartei. Georg tippte weiter, fragte, ohne von der Tastatur aufzusehen: "Ist das Flugblatt schon gedruckt?" Katharina war fündig geworden, wählte eine Nummer, "jepp ...", und begann in ihrem Rucksack zu wühlen, "hallo? Ja, das Ordnungsamt bitte ..."

Georg sah erschrocken auf, "was machst du da?", Katharina guckte fragend zurück: "Die Clowns anrufen. Hast du doch gesagt", Georg schlug die Hände überm Kopf zusammen. "Genau, die Clowns – merkst du was?" Katharina legte auf: "Ach so! Die echten Clowns meinst du ..." Dann lachte sie, Georg schüttelte fassungslos den Kopf. Nachdem er sich wieder beruhigt hatte, schob sie ihm den Flyer rüber, er lehnte sich zurück und betrachtete das Papier am ausgestreckten Arm. "Wo ein Wille ist", las er skeptisch, "ist auch ein Pinguin." Katharina wählte erneut, ich lobte: "Super-Motto! Ernsthaft." Georg war offenbar anderer Meinung. Aber Katharina kniepte mir zu und klopfte sich selbst auf die Schulter. "Ja, hallo? Ich möchte mit Igor sprechen. Hier ist Katharina Friedbach vom ... Ah, Sie erinnern sich, gut. Es geht um die Benefizvorstellung im November." Sie hielt eine Hand auf die Muschel. „Hättest auch einen eigenen Vorschlag einbringen können, weißt du ... Das Ding musste Mittwochabend zur Druckerei und ... Igor? Hey, wie geht's euch, wo seid ihr?"

Ich lief ein bisschen herum, guckte mir alles an, versuchte ein paar kryptische Pinnwandnotizen zu entziffern. Hinter der Tür entdeckte ich einen mit Broschüren gefüllten Karton. Ich nahm mir ein Exemplar – Titel: »Wir stellen uns vor« – und blätterte. Ethische Grundsätze des Vereins und Handlungsleitfäden waren darin definiert, und auf der letzten Doppelseite gab es Kurzporträts der wichtigsten Mitglieder, auch Katharina war dabei: vertreten durch einen kurzen Lebenslauf samt Foto, auf dem sie der Welt ein Lachen schenkte, von dem Generationen liebeskranker Dichter ein Lebenswerk lang zehren könnten. Bei der unvermeidlichen Mottofrage hatte sie Rosa Luxemburg zitiert: „Wie Lassalle sagte, ist und bleibt die revolutionärste Tat, immer »das laut zu sagen, was ist«." Die Kurzbiografie verriet nichts Neues – außer dass sie gebürtige Osnabrückerin war. Das hatte ich nicht gewusst. In Osnabrück hatten wir uns kennengelernt – war es vielleicht doch kein Zufall gewesen, dass sie auf dem Rückweg von der Castor-Blockade dort Station gemacht hatte? Hatte sie die Gelegenheit genutzt, jemanden zu besuchen? Verwandte, ihre Mutter beispielsweise? Aber weshalb hatte sie dann in einer Jugendherberge übernachtet? Ich nahm mir vor, sie später darauf anzusprechen.

„Schade", sagte Katharina zu Igor, der, stellte ich mir vor, gerade am anderen Ende der Welt unter einer Zirkuskuppel saß. „Aber ihr versucht es weiter? Vielleicht klappt's ein anderes Mal ... Okay, grüß Alina von mir! Ciao." Sie legte auf, zog ein bedauerndes Gesicht.

Dann nahm sie ihren Rucksack: „Wir verkrümeln uns, Georg. Die Flugblätter habt ihr ja jetzt hier. Und für nächsten Samstag ..." – „... besprechen wir alles Weitere auf der Versammlung am Donnerstag", ergänzte Georg. „Er ist nicht nur Referent für Öffentlichkeitsarbeit", erklärte sie mir, „sondern auch unser Telepath vom Dienst." Im Rausgehen schrieb sie „Gebt Kalk keine Chance!" an die Tafel, Georg sah auf: „Willst du mich verarschen?" Sie sagte: „Ja", und dann zogen wir die Tür hinter uns zu.

Der Zug kämpfte sich in den Bahnhof, hielt kreischend, wir kletterten hinein und setzten uns in den Fahrradwagen. Zwei Typen hingen da herum, Füße auf den Polstern, höchstens 18 Jahre. Vom Schaffner keine Spur. Katharina summte, die Halbstarken erzählten irgendwas von „Negern und Itakern". Katharina verstummte, als sie das hörte, sah mich an, ich antwortete mit einer beschwichtigenden Geste: am besten ignorieren.

„Ein paar Gaskammern könnte man doch wieder in Betrieb nehmen", sagte einer von den beiden. „Die Renovierungskosten hätte man schnell wieder raus – die Ausweisungsverfahren fallen ja dann weg." Der andere nickte: „Ich würde da kostenlos Dienst schieben. Drei warme Mahlzeiten am Tag, dann mache ich das."

Um Katharina von dem dämlichen Geschwätz abzulenken, fragte ich, was sie heute Abend vorhabe. „Ach, ich muss Bernd Gesellschaft leisten", erzählte sie. „Er hat diese Traumfrau kennengelernt, weißt du – die beiden sind ein paar Mal ausgegangen, aber jetzt sagt sie plötzlich, sie will doch nichts von ihm. Deswegen ist er ganz schön zerknittert."

Noch immer sonderten die beiden Typen ihre Parolen ab, gerade faselten sie irgendwas von der „historisch belegten Mitschuld der jüdischen Bevölkerung" – und Katharina starrte die ganze Zeit ungeniert rüber. „Halt mir die Ohren zu", raunte sie, und ich glaube, das sagte sie absichtlich so laut, dass die beiden sie hören konnten, „sonst muss ich mich einmischen." Tatsächlich sahen die beiden prompt zu uns herüber. „Können wir dir helfen?", fragte der eine. Mein Herz klopfte schneller, meine Hände wurden feucht. Ich hoffte, Katharina würde es sich verkneifen, einen Streit anzufangen – was sollte das bringen?

Schweigend schüttelte sie den Kopf. Ich atmete auf. Die beiden schienen unschlüssig: Sollten sie es dabei bewenden lassen? Katharina wandte ihren Blick nicht ab. „Ich würde EUCH gerne helfen", sagte sie dann. „Bloß fürchte ich, das geht gar nicht. Ihr seid einfach zu dumm, hab' ich recht?"

Jegliches Amüsement schwand aus ihren stoppeligen Visagen. Fein, dachte ich, jetzt sind wir reif. „Hab' ich mich verhört?", fragte der eine seinen Kumpel, „hoffentlich hab' ich mich verhört!" Katharina meinte: „Ich weiß ja nicht, was bei dir ankommt. Ziemlich wenig, vermute ich." Die Typen standen auf, Katharina blieb sitzen. Mit ihrem Blick hätte man einen Nagel in die Wand schlagen können. Falls sie in diesen Minuten Angst hatte, ließ sie es sich nicht anmerken.

Ich befand, es sei an der Zeit, mich einzumischen. „Ähm, hört mal zu, wir ..." – „Halt's Maul!!!" Ich hob beschwichtigend die Hände, Katharina legte mir eine Hand auf den Arm. Jetzt spürte ich, dass sie zitterte. Hatte sie doch Angst? Oder war das die blanke Wut? „Verdrescht ihr uns jetzt?", fragte sie. „Nur zu!" Die Knilche standen direkt vor uns. Sie mochten jünger sein als wir, aber sie sahen um einiges kräftiger aus.

Ich fühlte mich dazu verpflichtet, etwas zu tun, Katharina zu beschützen, wenigstens der Form halber, also sagte ich: „Lasst sie in Ruhe!"

Alles Weitere passierte rasend schnell: Irgendwas traf mich im Gesicht, ich rutschte auf den Fußboden und mein Klappsitz schnellte hoch. Meine Lippe war aufgeplatzt. Ich packte ein Bein, das zufällig in meiner Reichweite stand, und riss es um. Einer der Typen krachte der Länge nach zu Boden, demontierte im Fallen mit der Schulter einen Mülleimer und zog ein Gesicht, als hätte das ganz schön wehgetan. Dann schoss Katharina an mir vorbei, zerrte mich mit der einen Hand hoch und hängte sich mit der anderen an die Notbremse. Wieder flogen die beiden Typen haltlos durchs Abteil, während schrill die Bremsen quietschten. Katharina und ich standen günstig und wurden bloß gegen die Wand gedrückt.

Durch die Notbremsung war die Türverriegelung aufgehoben. Wir sprangen ins Freie, rannten kopflos querfeldein, so schnell wir konnten. Erst nach einer ganzen Weile hechelte Katharina: „warte mal", verlangsamte, stützte ihre Hände auf die Knie und drehte sich um. Niemand folgte uns. Schnaufend ließen wir uns ins Gras fallen.

Wir beobachteten den Zug. Zehn Minuten stand er, gut 500 Meter entfernt, in der Dämmerung. Niemand stieg aus. Schließlich hörten wir eine Trillerpfeife und die Wagen rollten davon. Eine Weile sahen wir noch die Schlusslichter in der Dämmerung, immer kleiner wurden sie, dann waren sie verschwunden.

Katharina fragte leise: „Bist du in Ordnung?" Ich nickte, meine Lippe blutete, aber sonst war mir nichts passiert. „Du?", schnaufte ich. „Bin okay", beruhigte sie mich. Und dann: „Super Aktion, was? Ich bin so ein Rindvieh manchmal."

Wir hockten mitten auf einem abgeernteten Feld irgendwo zwischen Brühl und Kalscheuren. Über uns zogen zwei Jagdvögel ihre Kreise. Ich antwortete: „Hat das irgendwas gebracht, dass du dich mit diesen Typen angelegt hast? Meinst du, die sehen die Welt jetzt anders? Du hättest einfach weghören können." Sie zog ihre Knie unters Kinn, schloss die Arme um die Beine. Sie antwortete nicht. Schließlich fügte ich hinzu: „Aber ich find's trotzdem gut, dass du was gesagt hast."

Jetzt sah sie mich an. Viele Sekunden lang. Ich weiß nicht, was ihr durch den Kopf ging, ich habe nicht gefragt. Irgendwann stand sie auf, zog mich hoch und wir nahmen unseren Heimweg in Angriff.

Die nächsten zehn Tage verbrachte ich damit, in ABC-Schutzmaske durch den Hunsrück zu laufen, Gräben auszuheben und mit Panzerfäusten auf Pappschweine zu schießen. Danach durften wir zum ersten Mal nach Hause. Mehrfach hatte ich versucht, Katharina zu schreiben, aber es war mir nicht gelungen, in dieser Umgebung etwas Mitteilenswertes zu formulieren. Alles, was ich schrieb, klang irrelevant und belanglos.

Am Tag vor der Heimfahrt stand eine Gefechtsübung auf dem Dienstplan. Erst abends kehrten wir in die Kaserne zurück. Ich war durchgeschwitzt bis auf die schwer entflammbare Unterziehkombi, schälte mir die Schutzmaske aus dem Gesicht und goss ein Schnapsglas voll Schwitzwasser ab. „Auf geht's, Männers!", brüllte der Ausbilder, denn vor dem Abendessen erwarteten uns noch zwei Stunden theoretischer Unterricht. Ich verstaute die Maske im Spind, holte meine Dienstbrille aus der

Klappspatentasche und marschierte in den Unterrichtsraum. Welch eine Erleichterung, endlich sitzen zu dürfen! Der Unterricht begann, und ich war hundertprozentig darauf konzentriert, nicht einzuschlafen.

„Wie war das?", hörte ich meinen Nebenmann flüstern. „Wie beugt man Kälteschäden vor?" Von hinten flüsterte es zurück: „Wärmeverlust vermeiden!" Ich notierte diese goldene Regel. Betrachtete dann das Geschriebene und erkannte die zwingende Logik. „Die Tapferkeitspflicht", tönte es derweil von vorne, „gilt im Frieden und im Krieg." Jemand traute sich zu erwidern: „Das deckt ja so ziemlich alles ab." Ich grinste, leider zehrte das meine letzten Kraftreserven auf und prompt nickte ich ein. Es folgten die süßesten Sekunden des ganzen Tages – bis auf der Tischplatte direkt vor meiner Nase ein Buch einschlug.

Der Schreck kostete mich mindestens einen Lebensmonat – was nicht weiter schlimm gewesen wäre, wenn er von der Wehrdienstzeit abgezogen worden wäre – und überdies musste ich als Disziplinarmaßnahme dem restlichen Unterricht stehend folgen. Über dem aussichtslosen Versuch, mein Gewicht so zu lagern, dass ich nicht auf Schwielen, Schwellungen oder Blasen vom letzten Marsch herumstand, klinkte sich mein Hirn erneut aus. »Zum Messen der Entfernung«, schrieb ich mechanisch von der Tafel ab, »sind besondere Geräte erforderlich, zum Beispiel Entfernungsmessgeräte.« – »Merksatz zur Entfernungsermittlung«, protokollierte ich daneben gewissenhaft. Dann war der theoretische Unterricht vorbei. Ich ermahnte mich, die vergeudete Zeit nicht vorschnell als vergeudete Zeit abzutun, und rief mir eine Lebensweisheit meines Gruppenführers ins Gedächtnis: »Erst nachdenken, dann überlegen.«

In der Zigarettenpause zog ich leichtsinnigerweise einen Automatenkaffee – als nach exakt eineinhalb Minuten zum Antreten gerufen wurde, blieb mir nur übrig, beherzt meine Mandeln zu rösten. Wenigstens wurde ich dabei wach.

Beim Batterie-Antreten gab Hauptmann Tresen bekannt, dass unser Batterietruppführer mit sofortiger Wirkung zum Gebirgstragtierwesen versetzt würde. Zum Abschied setzte man ihn auf eine Drohne und schoss ihn zum Mond. Nur symbolisch natürlich – aber die Geste zählt. Gruppenführer Fleischmann sah mein Grinsen und brüllte meinen Namen. „HIER!!!", brüllte ich zurück. – „Wie heißt das?" – „Hier, Herr Unteroffizier!" Er kam auf mich zu. „Haben Sie einen Clown gefrühstückt?", fragte er in einer Lautstärke, als wäre ich stocktaub. Wenn ich dir jetzt ins linke Ohr blase, dachte ich, fliegt dir rechts der Gehörschutz raus. Alle machten sich darüber lustig, dass Fleischmann und seine Kollegen von der Lustschießgruppe selbst Kilometer von der Schießanlage entfernt die eitergelben Stöpsel in den Ohren behielten. Verabredeten die angeheiterten Jungs sich abends brüllend für den Puff, wusste die ganze Kaserne Bescheid.

Hauptmann Tresen beendete das Elend, indem er uns alle ins Wochenende entließ: „WEEEG-GETRETEN!" Wir flitzten auf unsere Stuben, und ich kriegte mal wieder meinen Spind nicht auf. „Falsche Stube!", knurrte jemand, „DU ELENDER ZIVILIST!!!" Hier sah aber auch wirklich alles gleich aus.

Nur zehn Minuten später wartete ich bereits in Zivilklamotten neben Bolinskys Passat – Bolinsky nahm Jacobs und mich bis nach Koblenz mit, dort würde ich in den Zug umsteigen. Wir quetschten unsere Taschen in den Kofferraum, sprangen ins Auto und düsten los. Unvermittelt dachte ich an Katharina, die jetzt sicher auf gepackten Koffern saß und sich auf Afrika freute.

Jeder Wehrdienstleistende weiß: Der Montag ist nicht der erste Tag einer neuen Woche voller freudloser Momente, Schikanen und Demütigungen – sondern der fünftletzte Tag vor einem orgiastischen Wochenende. Im Umkehrschluss ist leider auch der Freitag nichts anderes als der drittletzte Tag vor einer neuen Woche voller freudloser Momente, Schikanen und Demütigungen.

Als wir das Ortsausgangsschild passierten, leckte Jacobs sich die Lippen und kramte die Fischbüchse aus seinem Brotbeutel. In den nächsten zehn Monaten würde sich dieses Ritual auf jeder Heimfahrt an exakt dieser Stelle wiederholen. Seither riecht Freiheit für mich ein wenig nach Fisch.

7

Ich überreiche Herrn Wilmersdorf mein Attest zusammen mit meinem Urlaubsantrag. „Schön, dass es Ihnen wieder besser geht", brummt er.

Paula ist für mich nicht mehr erreichbar. Sie hat rund um die Uhr ihre Mailbox eingeschaltet, E-Mails werden prompt mit einer Abwesenheitsnotiz beantwortet. Also fällt mir für den Moment nichts Besseres ein, als mir den nächsten Freitag freizunehmen. Ich habe nicht vor, sie zu heiraten, aber wir müssen uns von Angesicht zu Angesicht unterhalten – wenn es sein muss, findet unsere letzte Aussprache eben vor dem Standesamt statt.

Auf meinem Schreibtisch liegt eine Kundenliste, die so lang ist, dass man sie problemlos über den Rhein spannen könnte. Die müsste ich abtelefonieren, um Termine zur Präsentation unserer Frühjahrskollektion zu vereinbaren. Ich beschließe, zunächst einmal gründlich meinen Schreibtisch aufzuräumen. Sorgfältig knibbele ich die Klebstoffreste von der Tischplatte, wasche sämtliche Kaffeeflecken ab und poliere die Platte zum Schluss mit einem weichen Tuch. Dann werfe ich erneut einen lustlosen Blick auf die Kundenliste, verstaue sie im Ablagekorb, fahre meinen PC hoch und rufe eine Suchmaschine auf.

Vielleicht fällt erst in dieser Sekunde, in der ich auf die Eingabemaske der Suchmaschine starre, mein Entschluss: Ich muss wissen, was aus ihr geworden ist. Um jeden Preis. Wie sie jetzt aussieht, wie sie klingt. Ob sie sich freut, mich wiederzusehen.

Ohne noch länger darüber nachzudenken, tippe ich, so schnell meine Finger können, die Buchstaben ihres Namens. Wie jemand, der blitzschnell den Abzug seines Revolvers drückt, weil er genau weiß, dass ihn schon eine Tausendstelsekunde später der Mut verlassen wird.

Die Suchmaschine weiß nichts über Katharina. Ungläubig probiere ich eine andere aus, doch es kommen keine brauchbaren Ergebnisse – jedenfalls nichts, was sich ihr eindeutig zuordnen lässt. Ich hatte mit allem gerechnet – Berichterstattung über die jüngste Oberbürgermeisterin Deutschlands, Projektberichte der Vereinten Nationen, in denen ihr Name samt Doktortitel auftaucht, Publikationen, die sie verfasst, Vorträge, die sie gehalten hat. Aber da ist nichts, nicht einmal ein Foto. Was hat das zu bedeuten? Nie habe ich daran gezweifelt, dass sie Geschichte schreiben wird – auf ihre eigene, ganz spezielle Weise. Dass sie ihr Umfeld nachhaltig verändern und sich einen Namen machen wird, von dem man spricht.

Da habe ich eine Idee: Jeder hat doch heutzutage eine Mail-Adresse. Wenn sie ihren echten Namen darin verwendet, habe ich gute Chancen, sie zu erreichen. Ich verfasse eine flotte, kleine Mail – eine leichtfüßige Einladung, den Dialog wieder aufzunehmen, witzig und beiläufig genug, um den heiligen Ernst meiner Mission zu verschleiern. Dann schicke ich den Text rund fünfzigmal in die Welt hinaus: an Katharina Friedbach mit Punkt, ohne Punkt, mit Bindestrich, abgekürzt und ausgeschrieben, und das mit sämtlichen Mail-Providern hinter dem @, die ich finden kann. Etwa die Hälfte kommt sofort als »unzustellbar« zurück. Das bedeutet: Die andere Hälfte ist tatsächlich in irgendwelchen Postfächern gelandet.

Nach Feierabend geht die Suche zu Hause weiter. Bei der Uni Köln erkundige ich mich, ob Katharina dort einen Abschluss gemacht hat. Ich werde unzählige Male verbunden, bekomme schließlich die Auskunft, dass man mir keine Auskunft geben kann. Es stehe mir allerdings frei, die Bibliothek zu besuchen und dort die veröffentlichten Abschlussarbeiten einzusehen. Ich frage nach den Öffnungszeiten. „Wir schließen in zehn Minuten." Also setze ich den Besuch in der Bibliothek für morgen auf die Liste.

Als Nächstes suche ich mir die Nummer des Anzeigenblattes heraus, bei dem Katharina arbeitete, nachdem sie von ihrer Afrikareise zurückgekehrt war.

„Ja, entschuldigen Sie", improvisiere ich, „ich suche eine Redakteurin, die Mitte der Neunziger bei Ihnen gearbeitet hat." Spott am anderen Ende der Leitung: „Das ist erst mein zweiter Tag hier, tut mir schrecklich leid." – „Gibt es vielleicht ... Könnten Sie mir jemanden geben, der schon länger dabei ist?" – „Hm ... Ja, warten Sie mal, unser Kolumnist vielleicht ... Sekunde!" Es macht Klick, dann werde ich elektronisch zugedudelt. Schließlich hebt jemand ab, der einen Grußersatz knurrt, im Hintergrund höre ich Geräusche eines Cocktail-Shakers. Höflich erkläre ich mein Anliegen. „Junger Mann! Haben Sie eine Ahnung", Plopp! Ein seltsames Rauschen setzt ein, „was für eine FLUKTUATION", und wieder Plopp, diesmal erkenne ich das Geräusch: Er hat die Kappe auf eine Sprühdose gesteckt, Sahne wahrscheinlich, „wir in dieser Branche haben?" Ein Löffel klimpert in einer Kaffeetasse.

„An die junge Dame, von der ich spreche ..." – „Hire and Fire!" – „... erinnern Sie sich vielleicht trotzdem." – „Sehr unwahrscheinlich." – „Friedbach heißt sie. Sie ..." – „FRIEDBACH?" Seine Stimme bricht. Vielleicht eine Störung in der Leitung. „Oh ja, die hat sich ein Denkmal gesetzt. Hat hier alles mit ihren ... ihren ... IDEEN vergiftet! Penetrant idealistisch." Kein Zweifel: Wir sprechen von derselben Person. Ich habe dieses Phänomen zwar nie verstanden, aber dass Katharina vielen Leuten auf die Nerven ging, war mir früher schon aufgefallen. „Wissen Sie, wo ich Frau Friedbach jetzt finden kann?" – Ein höhnisches Lachen: „Nein. Und falls Sie's herausfinden, verraten Sie's mir bloß nicht!"

Nachdem er aufgelegt hat, starre ich noch ein, zwei Minuten das Telefon an, dann fällt mir ein: Ich kenne diesen Typ. Ja, dem bin ich tatsächlich mal begegnet. Ich versuche, mir vorzustellen, wie er wohl heute aussieht, anderthalb Jahrzehnte später.

Ich hatte Katharina in der Redaktion abgeholt. Sie saß in einem Büro, das von allen freien Mitarbeitern genutzt wurde, und telefonierte. Ich guckte mich um, lief ein paar kurze Schritte auf und ab und irgendwann war sie fertig mit ihrem Telefonat. „Entschuldige", murmelte sie. „Wofür?", fragte ich. Sie winkte ab, schüttelte den Kopf. Dann fiel mir die Zeitung auf, die aus ihrer Umhängetasche herausguckte.

Sie folgte meinem Blick, guckte ertappt. „Keine Sorge, das Käseblatt lese ich nur einmal im Jahr. Nächste Woche ist Zwiebelmarkt in Bad Breisig. In den überregionalen Zeitungen steht darüber natürlich nichts." – „Zwiebelmarkt?!" – „Wenn du nach Bad Breisig eingeladen wirst, denk daran, der Gastgeberin statt Blumen einen schönen Bund Lauchzwiebeln mitzubringen." – „Was macht man auf einem Zwiebelmarkt? Ich meine – auf dem Oktoberfest schlägt jemand zur Eröffnung ein Fass an. Und ihr? Schält gemeinsam ein paar Zwiebeln?" – „Und dazu kriegt jeder einen Humpen Zitronensaft. Eine Veranstaltung von ausgelassener Heiterkeit!" Ihre Schreibmaschine verschwand unter einem Tuch, sie knipste die Schreibtischlampe aus. „He, jetzt hör mal auf, dich über meine Heimat lustig zu machen, ja?" Ich zeigte Reue. „Ist zwar jedes Jahr dasselbe", fuhr sie fort, während sie die Maschine im Schrank verstaute, „aber ... Irgendwie bin ich da verwurzelt, daran ändert sich nichts. Seltsam, oder?"

Ein Reiher landete auf dem Flachdach vor ihrem Fenster. Ich machte sie darauf aufmerksam. „Oh, der kommt öfter und guckt mir beim Arbeiten zu", erzählte sie. „Einmal hab' ich mir vom Markt frischen Fisch geholt und die Tüte aufs Dach gestellt – damit der Fisch kalt bleibt, wir haben hier keinen Kühlschrank. Und seitdem kommt er zwei-, dreimal die Woche angeflogen und guckt, was es gibt." Sie öffnete das Fenster. Matjes gab's heute, von Katharinas Mittagessen übrig geblieben, er fing sie mit seinem Schnabel, während die Eisluft von draußen eine Gänsehaut auf Katharinas Arme zauberte.

Zufrieden? Gemächlich stakste der Reiher zum Abgrund. Zufrieden, ja. Und flatterte davon, ohne sich zu bedanken. „Komm", Katharina nahm ihre Cordjacke von der Stuhllehne, „ich hab' viel vor mit dir!"

Kurz bevor wir das Ende des Korridors erreichten, tippte sie mir auf die Schulter, legte einen Zeigefinger an die Lippen. Auf Zehenspitzen versuchten wir das letzte Büro unbemerkt zu passieren, doch der Herr darin, klein und dick, mit Wuschelkopf und goldener Brille, sah gerade jetzt von seiner Sprühsahne auf: „Fräulein Friedbach? Auf ein Wort!" Katharina verzog den Mund, verdrehte die Augen. „Erwischt", murmelte sie.

„Ihre letzte Spesenabrechnung", der Typ drückte den Deckel auf seine Sprühsahne, ich bemerkte das Cappuccino-Tässchen, auf dem sich ein Sahne-Gebirge auftürmte, „Ihr Test-Essen beim Mexikaner – dafür hab' ich noch keinen Bericht gesehen!" Er wollte abtrinken, natürlich schwappte die Sahne über. Katharina zeigte sich überrascht: „Ist fest eingeplant für nächsten Mittwoch!" Der Wuschelkopf patschte mit einem Papiertuch in der Sahnesauerei herum. „Dann verschieben Sie Ihre Abrechnung auf nächsten Mittwoch, ganz einfach." Katharina lächelte gezwungen, so ein Lächeln aus der Krankenkassenzeitung, und nahm die Spesenabrechnung zurück. Sobald sie ihm den Rücken zugedreht hatte, sackten ihre Mundwinkel ab. „Ich hab' einen saftigen Kommentar über Gentechnik geschrieben", flüsterte sie mir im Treppenhaus zu, „deswegen war für den Restaurantbericht kein Platz mehr." Draußen blieb sie stehen. „Aber das merken die wieder erst, wenn die Zeitung schon in Druck ist." – "Wieder?", erkundigte ich mich besorgt. – "Der Verlagsleiter hat mich neulich auf ein Glas Wein in sein Büro eingeladen. Er ist Junggeselle", erklärte sie, "das nutze ich für meine kleine private Revolution. Mal schauen, wie sehr ich den Bogen überspannen kann."

Wir setzten uns aufs Fahrrad und während wir durch die Stadt schlenkerten – ich strampelte, sie saß auf dem Gepäckträger – brachten wir uns gegenseitig auf den neuesten Stand: Ich gab die üblichen Bundeswehrschnurren zum Besten, sie hatte aus Afrika zahlreiche Geschichten und Eindrücke mitgebracht – und nebenbei bemerkt einen wunderbaren Teint –, die sie wortgewaltig zu schildern verstand. Weil ich die meiste Zeit nach vorne guckte, bekam ich leider nicht alles mit. Wir waren unterwegs zu einer Theater-Aufführung. Katharina war erst seit zwei Wochen wieder hier, aber schon war sie in tausend verschiedene Projekte verstrickt. Eines davon war ein Theaterstück: Eine gute Freundin von ihr, Sozialpädagogin, hatte mit ihrer Grundschulklasse ein Stück einstudiert. Sie hatte selbst die Hauptrolle übernehmen wollen, aber je näher der Premierentermin rückte, desto stärker wurde ihr Lampenfieber. Katharina wusste die Lösung: Sie würde einspringen. Quasi über Nacht hatte sie den Text gelernt und die Freundin durfte sich entspannt zurücklehnen.

Katharina war die einzige Frau unter zehn jungen Männern, die auf einer einsamen Insel gestrandet waren. Während ich ihr Fahrrad an einen Baum kettete, flitzte sie hinter die Kulissen, um in ihr Kostüm zu schlüpfen. Anschließend suchte ich mir einen Sitzplatz. Die Veranstaltung fand auf der Freilichtbühne im Stadtgarten statt. Gerade hatte ich mich ins Gras gehockt, da hörte ich jemanden meinen Namen rufen: Es war Bernd. Obwohl wir uns bislang nur zweimal begegnet waren – nach der Podiumsdiskussion und dann bei Katharinas Umzug – hatte er mich sofort erkannt.

Dass die beiden mal ein Paar waren, hatte ich nicht gewusst. Bernd erwähnte das ganz beiläufig. „Unter uns gesagt", meinte er, „ihr Tempo hat mich einfach geschafft. Mann, sie braucht dermaßen viel Input!" Ich fand, er brachte das ganz gut auf den Punkt. Über seine Limobüchse hinweg guckte er mich an, als versuche er, eine komplexe Erkenntnis, die lange in ihm gereift war, möglichst einfach zusammenzufassen: „Sie ist manchmal so ein Hansdampf – ständig legt sie sich mit irgendwem an. Dabei hat sie gar nicht so einen dicken Schutzpanzer. Im Gegenteil – erst wenn du sie wirklich gut kennst, merkst du, wie dünnhäutig sie ist."

Ehe ich antworten konnte, tat sich etwas auf der Bühne: Ein paar kleine Eingeborene führten einen Regentanz auf. Bei der Bewölkung hielt ich das für sehr gefährlich.

Bernd stupste mich an und deutete auf den Bereich hinter den Kulissen, in den wir von unseren Plätzen aus hineinspähen konnten: Da stand Katharina und feuerte die kleinen Tänzer an, sie klatschte und sang und zeigte allen: Habt Spaß, das ist die Hauptsache.

Sie war in Bestform an diesem Nachmittag. Manchmal merkte ich, wie sie improvisierte, wenn ihre ganz persönliche, lebendige Ausdrucksweise die steife Textvorlage sprengte, aber dann näherte sie sich unauffällig einem riesigen Farn – hinter dem die Souffleuse versteckt war – und kehrte souverän zum Originaltext zurück.

Im zweiten Akt begann es zu regnen. Zum Glück war die Bühne überdacht und die meisten Zuschauer hatten

Regenschirme dabei – Bernd und ich natürlich nicht. Wir blieben im nassen Gras sitzen und ignorierten den Wolkenbruch, so gut wir konnten. Die nächsten drei Tage lag ich mit Fieber im Bett, aber während meine Mutter mir widerliche Kraftbrühe einflößte, dachte ich: Der Preis ist nicht zu hoch gewesen.

Als einer der Männer in den Kochtopf sollte – Katharina schälte bereits die Kartoffeln – zog zu allem Überfluss noch ein fieser Wind auf. Katharina nutzte das, um eine Bemerkung über einen Monsun einzuflechten, womit sie großes Gelächter erntete. Meine Lieblingsszene jedoch kam, als sie sich zehn liebeshungrige Männer vom Leib halten musste. Der Text ließ sie an der Stelle im Stich, aber sie überzeichnete die autoritäre Emanze mit solchem Elan, dass ich ihr noch stundenlang dabei hätte zusehen können.

Hinter der Bühne stand ein Wohnwagen, in dem die Schauspieler sich umziehen konnten, und weil es nach dem Stück immer noch regnete, winkte Katharina uns herein. Bestimmt 15 Leute hatten sich in diese enge Kiste gequetscht, und es herrschte ein fürchterliches Gewusel. Bernd und ich kassierten manchen schiefen Blick, als auch wir uns noch dazudrängelten, aber Katharina rief: „Die beiden gehören zu mir", und dann kamen die schiefen Blicke nur noch, wenn ich jemandem in den Nacken nieste, „tut mir leid!" Direkt nach uns quetschten sich einige Eingeborene in den Wagen, „waren die nicht fantastisch?", meinte Katharina und zog einem, der sich gerade vorbeischob, den Knochen aus dem Haar. „He, gib' mir meinen Knochen wieder!" Die Eingeborenen waren zwischen acht und zehn Jahre alt, „die leben noch in ihrer eigenen Welt", bemerkte Katharina. „Den da", sie deutete auf einen asiatisch aussehenden Jungen, der gerade eine fürchterliche Fratze schnitt – ein zahnloses Mädchen lachte sich darüber schlapp – „habe ich mal zur Probe abgeholt. Für den ist das hier nicht der Stadtgarten, sondern ein Zauberwald. Mit Gnomen und ..." – „Papageien?", riet ich. – „Quatsch. Mit Zaubervögeln!" – „Ach so."

So einen Zaubervogel bräuchte ich jetzt auch. Erwachsene brauchen Zaubervögel eigentlich viel dringender als Kinder – weil es ihnen, im Gegensatz zu Kindern, an Fantasie mangelt. Zaubervögel könnten da für Abhilfe sorgen. Aber wo kriege ich einen Zaubervogel her?

Mehrmals täglich rufe ich meine E-Mails ab und jetzt sind tatsächlich mal wieder zwei dabei, bei denen als Absender steht: Katharina Friedbach. Mein Herz klopft schneller. Leider ist die erste 56 Jahre alt, wohnt in Magdeburg und »bedauert, eine andere zu sein ...«. Die zweite fragt bloß: »wer bis'n du? kenn' dich nich' ...«

Sandra hat auch geschrieben. Sie schickt einen Terminvorschlag – ich solle doch Freitag zum Abendessen zu ihr kommen. Sie kocht uns was Feines und dann arbeiten wir gemeinsam an ihrem Text. »Warum nicht?«, maile ich zurück. Apropos Freitag: Weil ich sowieso gerade online bin, schicke ich Paula einen Einzeiler: »Ich brauche Zeit!« Erneut versichert ihr Mail-Programm, dass meine Mitteilung zur Bearbeitung weitergeleitet wird.

Und dann kommt mir doch noch eine Idee, auch ohne die Hilfe eines Zaubervogels: Vielleicht kann ich Bernd ausfindig machen? Als ich ihn das letzte Mal getroffen habe – wir sind uns zufällig im Garten-Center begegnet – erzählte er, er habe gerade ein altes Bergarbeiterhäuschen in Bergisch Gladbach gekauft, und plane, das für seine Frau „und ganz viele Kinder" herzurichten.

Online rufe ich das Telefonbuch von Bergisch Gladbach auf. Ich wähle seine Nummer und erreiche ihn auf Anhieb. Er freut sich, von mir zu hören. Aber damit endet mein Glück bereits: Beiläufig erkundige ich mich nach Katharina und da muss er leider passen, von Katharina habe er schon ewig nichts mehr gehört. „Komm doch mal vorbei!", schlägt er vor. „Ich könnte früher Feierabend machen", überlege ich, „seid ihr zu Hause?" Bernd ist begeistert. Ich fahre den PC herunter und raune den Kollegen zu: „Kundentermin", und schon bin ich durch die Tür.

„Mein Freund, du steigerst dich da rein!", findet Bernd, nachdem ich ihm wahrheitsgemäß berichtet habe, wie es zu meinem Anruf kam. Nasti, seine Älteste, schnippt ein Zwiebelstückchen an mir vorbei, denn sie mag keine Zwiebeln. Bernd kriegt von der Attacke nichts mit, seine volle Aufmerksamkeit widmet er dem Plätzchenteller. Das Gemüse fliegt ins Bücherregal und bleibt an einer Taschenbuchausgabe von »Es muss nicht immer Kaviar sein« kleben. Erst jetzt bemerke ich, dass da schon eine Nudel dranhängt. Zum Glück ist Herr Simmel unqualifizierte Einlassungen zu seinem Werk gewohnt.

Ich erkläre Bernd, worum es mir geht, aber das kann niemand hören außer mir, denn Saskia ist gerade aufgewacht und fängt sofort an zu brüllen. Bernd deutet mit seinem Keks auf die Sofa-Ecke, also stehen wir vom Tisch auf und ich trete in einen Klecks Hackfleischsoße. Nasti blubbert fröhlich in ihr Mineralwasser, und während ich gucke, ob da noch mehr Soße über die Fliesen verteilt ist, fährt mir Valerie mit ihrem Bobbycar in die Waden. „Wenn du Kinder hast, ist immer Leben in der Bude", lacht Bernd. Ich versuche, freundlich zu gucken.

Seine Frau taucht mit einer Packung Eis am Stiel aus der Küche auf, Bernd dichtet „Eis am Stiel – das kostet nicht viel", alle lachen sich schlapp und Nasti steckt sich ihr Eis in den Kragen. „Wie gesagt", knüpft Bernd an unser Gespräch an, „vergangen ist vergangen." Seine Frau schnappt das auf und zitiert reflexartig Reinhard Mey, woraufhin sich die beiden inmitten ihres apokalyptischen Haushalts einen verliebten Blick zuwerfen – die Szene endet abrupt, als Nasti auf einen wackligen Stuhl klettert und ihr Eis in Mamas Dauerwelle ablegt.

Ich staune darüber, wie sehr Bernd sich verändert hat. Wir waren nie eng befreundet, aber im Laufe der Jahre sind wir uns immer mal wieder zufällig über den Weg gelaufen. Dass er keine Ahnung hat, wo Katharina jetzt steckt, hatte er mir am Telefon schon gesagt – aber vielleicht hat er einen Tipp, wo ich noch suchen könnte?

Fehlanzeige. Im Gegenteil: Er findet die Idee bekloppt und versucht, mich davon abzubringen. „Was versprichst du dir von dieser Aktion? Herrje, ihr habt euch zehn Jahre nicht gesehen!" – „Fünfzehn." – „Hm-hm ... Warst du mal bei einem Psychologen?" – „Meine Fresse, Bernd! Das ist doch kein psychologisches Problem!" – „Nasti, Schätzchen", schlägt Bernd unvermittelt vor, „magst du mal das Zelt aufbauen?" – „Auja-auja-auja", Nasti klatscht begeistert. – „Lass dir von Mama ein paar Heringe geben, ja?" Nasti trippelt ins Bad, wo Mama gerade versucht, ihre Frisur zu retten.

„Geschichte lässt sich nicht neu schreiben. Niemals", insistiert Bernd. „Du bist besessen, mein Freund! Ich weiß, wir bauen alle heimlich unsere Luftschlösser. Unter uns gesagt" – er rückt näher heran – „ich denke auch manchmal an diese Zeit zurück.

Mensch, ich war doch auch dabei! Aber jetzt habe ich eine liebe Frau, eine Familie. Die Gegenwart zählt, und nichts als die Gegenwart!"

Während Bernd versucht, seinen steinharten Keks mit einem Nussknacker zu sprengen, kommt Nasti zurück, hält irgendwas Glitschiges, Glänzendes in der Faust, Valerie rollt neugierig mit ihrem Bobbycar heran. „Was soll ich mit den Heringen machen, Papa?" – Bernd schaut nicht auf, und ich glaube, das ist ein Fehler: „In den Boden schlagen natürlich." Nasti nickt und wackelt in den Garten, Valerie hinterher. Die Heringe sind sehr labberig, aber Nasti macht das ganz geschickt, indem sie erst mal mit ein paar Blättern Löwenzahn die Sahnesoße abwischt.

Bernd grinst schon wieder so grenzdebil: „Kinder sind der Quell wahren Glücks, findest du nicht? Versöhn dich mit Paula – das ist mein Rat an dich, mein Freund. Gründet eine Familie." Draußen ärgert sich Nasti, weil der Hering einfach nicht in den Boden will. Inzwischen sind fast nur noch die Gräten übrig, der zermalmte breiige Rest klebt an Nastis Strickpullover, ihren Händen und Valeries Bobbycar.

„Weißt du, irgendwann ...", doziere ich, „das ist hoffentlich noch sehr lange hin, aber egal, irgendwann wirst du dich fragen, was in deinem Leben wichtig war ... Und wenn ich mir vorstelle, dass ich dann dastehe ... und ich hab' die wichtigste Sache, die mir jemals passiert ist, einfach verpennt ... und da lässt sich nichts mehr dran ändern – ich glaube nicht, dass ich mir das verzeihen könnte. Ich meine, ich bin jetzt über drei Jahrzehnte auf dieser Welt und so viel gab's da bisher nicht, von dem ich denke, dass es wirklich von Bedeutung war. RICHTIG wichtig, meine ich. Aber Katharina ... Ganz ehrlich, ich wäre jetzt eine andere Person, wenn ich Katharina nicht begegnet wäre.

Wir kannten uns. Ich hatte doch damals überhaupt keine Ahnung, wie wertvoll das ist. Und wie selten! Und jetzt, wo ich das endlich begriffen habe, finde ich sie nicht mehr. Das kann doch nicht wahr sein! Wieso war ich damals unfähig, das festzuhalten? Wieso hab' ich ihr nie gesagt, wie wichtig sie für mich ist? So was muss man einem Menschen doch sagen!

Ich bin einfach zu langsam ... Ich lebe im Stand-by-Modus. Aber jetzt wird niemand mehr kommen, der mich aufweckt – so was passiert nur einmal. Und trotzdem: Ich sag dir, diesmal will ich eine zweite Chance! Wahrscheinlich hast du recht und es ist zu spät, daran anzuknüpfen – aber WENN ich es noch einmal versuchen muss, dann jetzt ... Selbst wenn es beim Versuch bleibt – aber ich hab' mir dann später weniger vorzuwerfen ..." Bernd nickt abwesend. „Verstehst du, was ich meine?" Er überlegt, dann nickt er noch einmal. Gleichzeitig zuckt er mit den Schultern.

8

48 Stunden vor meinem Schwarzen Freitag – Paula hat noch immer nicht darauf reagiert, dass mir nach Heiraten momentan nicht der Sinn steht – liegt meine Kündigung im Briefkasten. Als Grund gibt Herr Wilmersdorf an, ich hätte privat im Internet gesurft – die Verbindungsprotokolle sind beigefügt – und außerdem Privatpost auf Firmenkosten als »Warenprobe« verschickt – er selbst habe das in mindestens einem Fall beobachtet. Von dem Verdacht, ich schöbe fingierte Kundentermine vor, um früher Feierabend zu machen,

ganz zu schweigen. Das Vertrauen sei »nachhaltig erschüttert«. Ich habe noch Resturlaub und bin daher per sofort vom Dienst befreit.

Mit dem Brief kehre ich in meine Wohnung zurück und verzehre auf den Schock erst mal ein zweites Frühstück. Nicht, dass ich an dem Job besonders hängen würde, aber zumindest hat er mir Halt gegeben. Ein bisschen Halt kann ich gerade gut gebrauchen – in der Hinsicht nehme ich alles, was ich kriegen kann.

Ich maile Frau Ribanowsky, der guten Seele, sie solle unbedingt meine Yucca-Palme in Sicherheit bringen. Seit einiger Zeit steht die Pflanze im Büro, weil meine Wohnung für eine Palme zu finster ist. Ich wohne im Souterrain. Dann drucke ich mein Theaterstück aus und bringe es zur Post. Es ist noch ein Fragment, aber mit dem Leben wird man schließlich auch niemals fertig – eines Tages bricht es einfach ab, obwohl längst nicht alle Fragen beantwortet sind, nicht mal ein Bruchteil der Pläne verwirklicht, die Sehnsucht nicht gestillt. Als ich von der Post zurückkomme, ist es immer noch Vormittag. Ziellos schleiche ich durch mein Wohnzimmer, wandere vom Bücherregal zum Fenster und wieder zurück – wie eine Schnecke, die eine Straße überqueren will, aber von besorgten Passanten ständig an ihren Ausgangspunkt zurückgesetzt wird. Schließlich renne ich auf die Straße, um eine Zeitung zu kaufen. Nachdem ich mein Wechselgeld verstaut habe, denke ich: Wenn ich jetzt direkt in meine Wohnung zurückgehe, werde ich bekloppt. Ich muss irgendwas tun, um auf andere Gedanken zu kommen. Ich könnte mich in eine Kneipe setzen, schwimmen gehen, einen Spaziergang machen, aber ich beschließe, ein gutes Werk zu tun und meine Eltern zu besuchen. Vielleicht springt sogar ein Mittagessen dabei heraus.

Ich quetsche mich ins überfüllte Bahnabteil und bitte einen jungen Mann, der einen Sitz mit seinem Rucksack blockiert, ausgesucht höflich: „Macht's Ihnen was aus, Ihren Rucksack auf der Gepäckablage zu verstauen, damit ich mich setzen kann?" Er antwortet mit einer Gegenfrage: „Soll ich dich vielleicht auf der Gepäckablage verstauen, du Wichser?" Ich gehe weiter, schnappe auf, wie zwei Punks ihre Verdienstbescheinigungen vergleichen: „Über den Lohnsteuerjahresausgleich kannst du dir den Abzug wiederholen", meint der eine. Der andere winkt ab: „Ich gebe das meinem Steuerberater – soll der sich darum kümmern." Es gibt Tage, da habe ich das Gefühl, man kann sich auf gar nichts mehr verlassen.

„Ach, übrigens, du musst aus deiner Wohnung raus ...", begrüßt mich mein Vater. Der Mietvertrag läuft aus steuerlichen Gründen über ihn. „Das Haus wird abgerissen. Die alte Dame hatte einen Schlaganfall." – „WAS?! Nun mal langsam." Eine Rauchwand trennt uns plötzlich. Meine Mutter ist mit einer Schüssel dampfender Kartoffeln zwischen uns aufgetaucht: „Setzt euch!" – „Einen Schlaganfall?", wiederhole ich. „Frederick", antwortet meine Mutter, denn mein Vater ist mit den Kartoffeln beschäftigt, „wusstest du, dass die Bäckerei zugemacht hat?" – „Welche Bäckerei?!" – „Wo's immer die leckeren Lauchplätzchen gab ..." – Mein Vater wieder: „Sie war schon drei Wochen im Pflegeheim." – „Ich hab' doch neulich noch mit ihr gesprochen. Ihr Trockner fiepte die ganze Nacht, und da bin ich runter in den Keller ..." – „Soße?" – „Ja, bitte. Und im Keller sind wir uns zufällig begegnet." – „Der Leberkäse ist ein bisschen dunkel geworden, findet ihr nicht?" Meine Mutter kratzt an der Kruste herum. – „Nee, sieht doch gut aus!" – „Na ja, wenn du meinst." Überzeugt ist sie aber nicht.

„Jedenfalls", fahre ich unbeirrt fort, „wirkte sie da noch ganz munter. Sie hatte zwar Probleme mit ihrer Hüfte, aber ..." – „Nein, nein, ein Schlaganfall." – „Ich weiß. Ich meine ja nur: Als ich sie das letzte Mal gesehen hab' ..." – „Ach so, weil du was von Hüfte sagtest ..." – „Schon, aber ..." – „Ich hoffe, das Gemüse reicht. Aber du magst ja kein Gemüse, Frederick." – „Doch, bloß Möhren nicht so gerne." Ich warte, dass mein Vater endlich weitererzählt. Aber er pellt mit Hingabe seine Kartoffel. „So mag ich sie am liebsten. Mmh! Noch ein bisschen mehlig ..."

„Frederick, nimm dir! Das wird alles kalt." – „Mensch, nun erzähl doch weiter! Das ist doch wichtig für mich. Wann muss ich aus der Wohnung raus?" – „Also, der Reihe nach. Sie war im Pflegeheim. Vorige Woche ist sie gestorben. Die Erben wollen das Haus abreißen, sobald die Formalitäten über die Bühne sind." Den Rest verstehe ich nicht mehr, eine heiße Kartoffel erschwert die Artikulation. „WANN muss ich raus?", frage ich geduldig. Während ich ihm zusehe, wie er seine Lesebrille und den Brief holt, landet eine Portion Rotkohl auf meinem Teller. „Du hast ganz eingefallene Wangen." – „Ich esse genauso viel wie immer." – „Du wolltest doch eh mit Paula zusammenziehen." – „WAS will ich?" – „Es ist ja eure Entscheidung. Ich rede euch da nicht rein. Ganz bestimmt nicht." – Mein Vater kommt zurück: „... »setzen wir Sie davon in Kenntnis« ... »unter Berücksichtigung der gesetzlichen Fristen« ... Ach, wo steht das noch gleich?"

Ich warte. Die Zeit vergeht. Ich frage mich, ob er die Stelle finden wird, bevor das Papier altersbedingt zerfällt. Dann: „Ah hier: »in sechs Wochen«!" Er packt Brille und Brief weg, meine Mutter legt nach: „Heiratet. Gründet eine Familie. Zieht zusammen." – Mein Vater: „Gibst du mir mal die Möhren?" – „Das ist Rote Beete." – „Keine Möhren?" – „Ach, das da hinten?" – „Ja, ja." – Ich: „Paula und ich werden uns trennen." Meine Eltern frieren mitten in der Bewegung ein.

„Was?" – „Es war ein Irrweg, ich habe nicht klargesehen. Jetzt bringe ich das in Ordnung." Zwölf Sekunden lang befassen wir uns alle mit demselben Thema, ich zähle mit, zwölf Sekunden dauert es, bevor meine Mutter meinem Vater endlich die Möhren auf den Teller schaufelt und damit das flüchtig fokussierte Gespräch wieder in verschiedene Richtungen streut: „Genug?" – „Ein bisschen noch." – „So?" – „Ja, danke." Und als ich schon aufatme, weil ich so glimpflich davongekommen bin, wird doch noch ein Kommentar nachgereicht: „Und du bist sicher", fragt mein Vater, „dass du nicht JETZT auf dem Irrweg bist?"

Freitagmorgen. Jetzt bin ich ganz sicher auf einem Irrweg. Draußen fliegt der Werbeslogan vorbei: »Trink Brohler und dir ist wohler!« Aber gegen mein schlechtes Gewissen würde ein »Brohler« wohl nicht helfen. Zufällig weiß ich, dass das ein Mineralwasser ist – im Getränke-Center bei mir um die Ecke gibt's bei Abnahme von sechs Kästen einen Lurch gratis dazu. Keinen echten, nehme ich an, eher einen aus Stoff.

Paula steht jetzt vor dem Rathaus und wartet auf mich. Statt mit ihr zu reden, fahre ich weg. Auf dem Weg zum Standesamt – wohin ich wirklich unterwegs war, ganz ehrlich – habe ich die Abkürzung über Gleis eins genommen, da stand ein Intercity, ich habe drei Sekunden überlegt – maximal vier, bestimmt nicht mehr – und dann bin ich eingestiegen.

Um mich zu kasteien, setze ich mich in ein Abteil mit drei Kleinkindern, die an Mettwürsten nuckeln. Nebenan feiern die Eltern, dass sie die Bälger für ein paar Stunden los sind. Als kurz hinter Mainz die Mettwurstreste in den Sitzritzen landen und lauthals Kinderlieder angestimmt werden, kommt endlich der Schaffner – aber in unser Abteil traut er sich nicht herein. Ich hatte gehofft, er würde mich rausschmeißen, weil ich keine Fahrkarte habe. Raus aus dem Zug und zurück, mich meiner Verantwortung stellen. Reinen Tisch machen und Ordnung in mein Leben bringen.

Die Pänz stellen sich zur Polonaise auf, ich schließe mich an. Drei Abteile weiter entdecke ich zwei junge Männer mit einer Wasserpfeife. Ich setze mich zu ihnen. „Alter, wie lange kennen wir uns jetzt? Zwei Monate? Und haben wir uns jemals gekloppt? Gut, fünfmal vielleicht. Aber jemals wegen Geld? Wegen Renate, ist klar. War ich verschossen, Alter. Ist das ein Fehler? Wieso ist das ein Fehler, wenn ich verschossen bin?" Mein Urteil ist gefragt. Ich finde, dass Renate den Schuss nicht gehört hat. Dafür darf ich an der Wasserpfeife ziehen, und kurz vor Heidelberg nennen wir uns beim Vornamen. Dennis bedauert, dass er kein Abitur hat, „da bist du Versager", pflichtet Malte ihm bei. „Ach, Quatsch!", sage ich, „ob du Abi hast oder nicht, das sagt doch nichts über dich aus." Aber Dennis weiß nicht so recht: „Wenn ich ... so'n Arzt wäre, ja? oder so'n ... so'n Anwalt, dann wär' das anders gelaufen mit Renate, das schwör' ich dir, Alter."

Ich denke an meine Schuljahre, erinnere mich an eine Zeit, als noch alle Türen offenstanden, die Zukunft ein Raum mit vielen Türen war, die nur darauf warteten, von mir geöffnet zu werden. Apropos, wir sollten dringend mal lüften! Ich versuche, das Abteilfenster zu öffnen, aber es ist verplombt.

Draußen rasen im Zeitraffer Bilder meiner Jugend vorbei. All die Hoffnungen, all das Träumen und Sehnen wird noch einmal erahnbar, wenn auch nicht greifbar, aber greifbar war es nie, das war ja das Verwirrende. Jetzt bin ich unterwegs, habe etliche Stationen hinter mir, das Ziel mag offen sein, aber die Strecke steht fest.

„Die Weichen sind gestellt, seht ihr das nicht auch so?", frage ich laut, um meinen nostalgischen Rückblick zu unterbrechen. – „Alter, was denn für Weichen?" – „Ich meine, es ist klar, in welche Richtung unser Leben läuft. Vor 15 Jahren, da war noch nichts entschieden. Ich hätte Bäcker werden können oder Popstar oder weiß der Geier, was. Alles war möglich. Na ja, fast alles. Aber jetzt ..."

„Ey, du kannst immer noch Bäcker werden", tröstet mich Dennis. Malte fährt ihm in die Parade: „Hör zu! Freund von mir ist Bäcker. Weißt du, wann der aufsteht? Krass! Bist bescheuert, wenn du das freiwillig machst." – „Nein, Jungs, ihr versteht mich nicht." – Dennis fährt Malte böse an: „Denkst du, ich bin Langschläfer oder was? Wie so'n Scheiß-Student? Ich hab 'nen Job, Mann! Muss ranschaffen. Hab 'ne 50-Stunden-Woche, du Arsch!" Malte versucht zu beschwichtigen: „Hey, ich mein' ja nur: Freund von mir ist Bäcker und ..." – „Jungs", versuche ich es noch einmal, „ich will gar nicht Bäcker werden!" – Dennis wird deutlich lauter und rammt Malte seinen Zeigefinger in die Brust – „Mit Renate hab' ich Brot gebacken. Erste Sahne! Das war das beste Brot, was du je gegessen hast." – Auch Malte ist jetzt gereizt: „Das ist mir doch scheißegal. Von mir aus kannst du Renate mit Semmelnbröseln panieren!"

In Ulm betritt eine junge Frau unser Abteil. Dennis und Malte sind inzwischen wieder ganz dicke, und Dennis versucht, im Namen seines Freundes zarte Bande zu knüpfen: „Mein Kumpel hier", wirbt er, „hat eine gewaltige Genitalie!" Die junge Frau rafft ihre Karteikärtchen mit Griechisch-Vokabeln zusammen und verlässt wortlos das Abteil. In ihrer Hast verliert sie „Ochsenfrosch, männlich", aber ich wundere mich zu lange: Als ich mit dem Kärtchen den Gang hinunterwinke, ist sie bereits außer Sicht. Es scheint mir nicht ratsam, ihr nachzustellen. Zum Abschied schenke ich Malte und Dennis den Ochsenfrosch und vertrete mir die Beine. Es knackt im Lautsprecher: Unser Zug wird umgeleitet, weil eine Oberleitung gerissen ist. Mir ist das egal, ich weiß sowieso nicht, wo wir hinfahren. „Für Ihre Anschlusszüge", höre ich, „beachten Sie bitte die örtlichen Lautsprecherdurchsagen." Dafür gibt's einen Zwischenhalt im Fegefeuer, gemeint ist das Bord-Bistro, in dem die letzten welken Thunfisch-Toasts für zweistellige Summen versteigert werden. Der Gewinner verkündet, die Verpackung werde er verspeisen und sich den Toast ausgestopft über die Gepäckablage hängen. Obwohl ich jetzt wieder bessere Luft atme, scheint mein Realitätssinn noch nicht vollständig wiederhergestellt zu sein.

In Kempten im Allgäu steige ich aus. Ich sauge die klare Bergluft ein, leider nicht weit genug von der Diesel-Lok entfernt, darum muss ich fürchterlich husten, aber allmählich wird mein Hirn wieder klar. Der schlimmste Teil der Fahrt war nicht halluziniert: Schmatzende Kinder ziehen „Häschen, hüpf!"-grölend mit fettglänzenden Mettwürsten an mir vorbei. Auch die junge Frau mit den Karteikärtchen sehe ich noch einmal. Sie deutet auf das Abteil von Malte und Dennis, im selben Moment traben zwei Bahnpolizisten los. Eilig verschwinde ich im Service-Center.

Ich studiere die Karten der hiesigen Verkehrsverbünde und entdecke einen einzigen Ort, mitten im Allgäu, dessen Name mir etwas sagt: Wertach. Katharinas Ex-Freund wohnte dort. Die Spur habe ich nicht verfolgt, weil ich seinen Nachnamen nicht kenne, aber Katharina erwähnte mal, dass seine Familie in Wertach einen Hof hatte. Ob es sich lohnt, dorthin zu fahren? Allzu weit ist es nicht. Natürlich ist es unwahrscheinlich, dass ausgerechnet der Ex-Freund einen Hinweis auf ihren Verbleib hat, aber habe ich etwas Besseres zu tun?

Zwei Stunden später habe ich ein Zimmer in Wertach gemietet. Der Dichter Sebald kommt aus Wertach. Keine Ahnung, wer das ist. Aber ich bin ja auch nicht seinetwegen hier, sondern wegen Hubert. Es gibt sogar einen Wanderweg, der nach ihm benannt ist – nach Sebald, nicht nach Hubert – und der mit Passagen einer Erzählung markiert ist, die an eben jenem Weg spielt. In der Tourist-Info hat man mir das erzählt und ein Faltblatt in die Hand gedrückt. Hubert ist dort leider nicht bekannt.

Über eine Holztreppe, die sadistisch knarzend auf den nächsten Übergewichtigen wartet, bringt die Wirtin mich in mein Zimmer: klein, aber gemütlich, mit allerlei Häkeldecken und langhaarigen Teppichen dekoriert. „Toilette und Waschbecken sind einen Stock tiefer." Sie gibt mir den Schlüssel, will sich verabschieden, doch etwas nagt an ihr: „Sie sind ein Stadtmensch, oder?"

Ich lächle stumm, das schafft Vertrauen. Und mein Zimmer bezahle ich im Voraus – das schafft noch mehr Vertrauen. Heute Morgen bin ich mit 100 Euro in bar aus dem Haus gegangen, für den Fall, dass ich auf dem

Standesamt irgendwelche Gebühren berappen muss. Nicht, dass ich vorgehabt hätte, Paula zu heiraten, das nicht, aber ich bin gerne auf jedwede Eventualität vorbereitet. Jetzt brennt mir das Geld ein Loch in die Tasche. Ich zahle für zwei Nächte, obwohl ich fest vorhabe, morgen direkt nach dem Frühstück zurückzufahren. „Städter schlafen oft so lang", vertraut mir die Wirtin an. „Dann ist der Tag schon halb herum, und ich hab' noch nicht mal das Frühstück abgeräumt – da schafft man gar nichts!" Sie drückt mir die Schlüssel in die Hand.

„Übrigens", erwähne ich, „bin ich nicht zufällig hier. Ich suche einen alten Freund. Er ist ungefähr in meinem Alter. Hubert heißt er. Seine Eltern haben einen Hof hier im Ort." Die Wirtin guckt mich nachdenklich an: „Hubert?" – „Ja", sage ich, „seine Freundin kam aus dem Rheinland, bestimmt hat sie ihn mal besucht, ungefähr 15 Jahre muss das her sein. Sagt Ihnen das zufällig was?" Die Wirtin lacht spöttisch: „Ich bin hier geboren. Ich kenne jeden hier! Was glauben Sie denn?" Na, das klingt doch gar nicht schlecht. „Und?", frage ich. Wortlos geht sie zum Fenster. „Da hinten", sagt sie und zeigt ins Tal, „das ist der Hof." Ich versuche, ihrem Blick zu folgen, aber ich weiß nicht, wo sie hinzeigt. Ich sehe nur eine Wüstung mitten auf dem Acker. Einen Hof sehe ich nicht. Sie nickt: „Die Wüstung, das war der Hof." Und damit will sie sich verabschieden. „Das heißt", halte ich sie zurück, „die Familie ist weggezogen?" Sie schüttelt den Kopf: „Nein, tot sind die. Lange schon. Der Junge ist in die Stadt. Fragen Sie mich aber nicht, in welche." Sie zieht die Tür hinter sich zu. Ich eile ihr nach. „Sind Sie sicher, dass wir denselben Hubert meinen?", rufe ich ihr hinterher. „Was glauben Sie, wie viele Einwohner dieser Ort hat?", fragt sie zurück, ohne sich noch einmal umzudrehen.

Ich lege mich aufs Bett, erschöpft und entmutigt. Die Bergspitzen verschwinden im Nebel.

Am nächsten Morgen regnet es. „Mit dem Wetter haben Sie ein bisschen Pech", kondoliert die Wirtin. Doch mir schlägt schon so viel aufs Gemüt, da beschließe ich, das Wetter einfach zu ignorieren.

Ich muss abreisen. Ich versuche mir vorzustellen, wie ich in Köln aus dem Zug steige, nach Hause gehe – und dann? Ich kann nicht mit Paula sprechen. Nicht heute. Morgen vielleicht. Ich reise morgen ab, ja, dann bin ich so weit, dann nehme ich alles auf mich, alle Last der Welt, aber nicht heute. Dieser Tag gehört mir, mir ganz allein. Ich beschließe: Heute besteige ich einen Berg. Der ehrfürchtige Blick ins Tal wird mein Leben wieder in die richtige Perspektive rücken.

Die ersten Meter meiner Wanderung taste ich mich an einem Zaun entlang. Ich tappe in Pfützen, ganz in der Nähe schlägt der Blitz ein und ich beende meinen Ausflug vorzeitig, nachdem ich auf losem Geröll ausgerutscht bin und rücklings einen morschen Weidezaun zerschmettert habe. Alternativplan: ein Saunabesuch. Doch die Sauna ist wegen Schweißarbeiten geschlossen. Schweißarbeiten. Ich halte das für einen Witz, aber die Tür ist verriegelt, also schlappe ich aufs Zimmer zurück. Eine unverbindliche Nachfrage bei der Wirtin kostet mich den ganzen Nachmittag: Ich schätze, die Einsamkeit nagt an ihr, denn sie zeigt mir ihre Fotoalben. Sie sammelt Wasserfälle. Morgen reise ich ab. Morgen ganz bestimmt.

Über Nacht hat sich der Nebel gelichtet, ich mache einen kleinen Spaziergang und endlich sehe ich die Berge.

Wenn das kein Grund ist, noch einen Tag zu bleiben. Beim Metzger kaufe ich eine Wanderkarte („doch, doch, wir haben auch Wurst"), fahre ein paar Stationen mit dem Bus und wage den Aufstieg. Eine Weile folgt der Weg einem Flusslauf, dann führt er in den Wald. Ich entdecke Vögel, die ich noch nie zuvor gesehen habe. Am frühen Nachmittag bin ich auf 2.000 Metern Höhe angelangt, eine Holzhütte markiert mein Etappenziel. Menschen bin ich schon seit Stunden nicht mehr begegnet. Und das ist gut so – Smalltalk ist der reinste Hochleistungssport, auf jeden Fall anstrengender als Bergsteigen.

Hinter der Almhütte zeigt der Wegweiser direkt auf eine Felswand. Bestimmt gibt es eine Alternative, denke ich, die weniger beschwerlich ist, und marschiere los. Der Weg wird steiler. Ich quäle mich, zwischendurch blicke ich zurück und staune über die Strecke, die bereits hinter mir liegt. Höhenunterschiede, die mich viel Zeit und Schweiß gekostet haben, wirken nun wie eingeebnet. Aber die Hauptsache ist: Ich bin immer noch im Rennen. Obwohl ich nur ausgelatschte Straßenschuhe trage.

Es gibt keine Alternative zur Felswand. Immerhin: Ganz so steil, wie sie von Weitem aussah, ist sie doch nicht, und netterweise hat der Alpenverein sie für Leute wie mich präpariert: Es gibt Stahlseile und Kletterhaken. Je höher ich komme, desto beschwingter werde ich. Plötzlich finde ich die Kapriolen des Lebens nicht mehr frustrierend, sondern amüsant – die unvermuteten Zufälle, die halsbrecherischen Wendungen meines epischen Lebensromans: Mit einem Mal belustigen sie mich. Alles ist möglich und verlassen kann man sich sowieso auf nichts. Wer weiß, vielleicht kommt gleich

Katharina um die Ecke – wäre es wirklich so unwahrscheinlich, dass eine nostalgische Anwandlung sie erneut hierher verschlägt?

Ich ergötze mich an den Pflanzen, deren Blüten meine Beine kitzeln, und freue mich an den frechen schwarzen Vögeln, die mich furchtlos umflattern. Ich biete ihnen einen Keks an und sie picken mir aus der Hand. Mein

Blick schweift ins Tal und auf halber Höhe entdecke ich ein paar braune Flecken, groß wie Zündholzköpfe: Das müssen die Weidekühe sein, an denen ich vor gut einer Stunde vorbeigekommen bin. Ich werfe den Dohlen die lezten Kekskrümel hin und tupfe mir den Angstschweiß von der Stirn.

In dem Moment höre ich: „Grüß Gott", und ein Fuß streckt sich mir aus der Einsamkeit entgegen. Dann erst sehe ich, welches Gesicht zu dieser Stimme gehört: ein freundlicher älterer Herr mit einem Vollbart so weiß wie der Gletscher. Ich will ihm Platz machen, aber ich weiß nicht, wohin ich ausweichen soll. „Na, mit den Schuhen können Sie aber echte Probleme hier oben bekommen", belehrt er mich. Ich nicke – denke aber: Echte Probleme habe ich auch unten, und daran sind bestimmt nicht meine Schuhe schuld. „Warten Sie", sage ich, „ich mache mich dünn." Woraufhin ich ins Leere trete und das Gleichgewicht verliere. „Hoppla!", sage ich noch, was als letzte Äußerung vor dem Absturz nicht besonders geistreich ist. Mir schießt das Blut in den Kopf. „Hier!", höre ich den Mann rufen und sehe seinen ausgestreckten Arm – aber da falle ich schon. Unten trotten blöde bimmelnd ein paar Rinder vorbei.

Mitleid kennt meine Wirtin nicht. Der Mond scheint in meine Kraftbrühe und sie wettert: „Was für eine Schnapsidee!" – Ich verbrenne mir die Lippen: „Ich weiß." – „Wie können Sie mit diesen Straßenschuhen ..." – „Ja, ja, ja!" – „Und ich frage noch: Haben Sie richtige Wanderschuhe dabei?" Ich soll mich umdrehen, befiehlt sie, würde ich ja auch gerne – aber wie? Auf meine zerschundenen Ellbogen kann ich mich nicht aufstützen.

„Haben Sie ein Glück", sagt die Wirtin, „dass nichts gebrochen ist." – „Jedenfalls keine Knochen." – „Sie spielen gern das Opfer, nicht wahr?" Sonst würde ich mich nicht von Ihnen bearbeiten lassen, denke ich, schweige aber, denn ich bin einfach zu nett.

„Brennt das?" – „Natürlich brennt das!" – „Herrschaftszeiten, nun reißen Sie sich mal am Riemen!" Die Wirtin quetscht den letzten Zipfel Wundsalbe aus der Tube, verreibt ihn auf meinem Bein, dann befiehlt sie mir: „Und jetzt schlafen Sie!" Aber ich will nicht schlafen. Sobald die Schritte im Treppenhaus verhallt sind, rufe ich Paula an. Natürlich meldet sich ihre Mail-Box. Ich entschuldige mich dafür, dass ich weggelaufen bin, und verspreche ihr, dass ich, sofern sie noch mit mir reden will, zur Verfügung stehe. Ich rechne nicht damit, jemals wieder von ihr zu hören.

Wo ich gerade dabei bin, rufe ich anschließend noch Sandra an. Sie meldet sich persönlich. Ich erzähle, dass ich gerade im Allgäu beim Bergsteigen verunglückt bin – sie lacht nicht und klingt auch nicht sonderlich besorgt, wahrscheinlich denkt sie, ich lüge. Ansonsten plaudern wir nur belangloses Zeug. Und schweigen viel. „Weshalb rufst du an?", fragt sie schließlich. Zum ersten Mal, seit wir uns kennen, wirkt sie verstimmt. Ich schweige. „Dieses Foto in deinem Badezimmer", beginne ich zögerlich, „von einer Demo, Mitte der Neunziger ... Hast du noch Kontakt zu den Leuten?" Sie schweigt, dann verneint sie. „Ich kannte jemanden aus der Gruppe", erkläre ich. Sie sagt: „Ich bin da nur ganz kurz gewesen, ich bin eigentlich kein politischer Mensch. Als Nächstes bin ich einer Freikirche beigetreten, aber das war auch nicht das Wahre. Wahrscheinlich habe ich einfach nur Anschluss gesucht." An diesem Glaubensbekenntnis habe ich zu kauen, also schweigen wir erst mal wieder.

Ich denke an die Mail, die Bernd mir am Morgen meiner Abreise geschickt hat. Ein Freund von ihm arbeitet im Zeitungsarchiv der Universitätsbibliothek – in den letzten zwei Jahren hat er ein Projekt geleitet, das die Digitalisierung alter Zeitungsartikel zum Ziel hatte. Bernd hat ihn gebeten, die Software mit Katharinas Namen zu füttern.

Im Anhang seiner Mail fand ich einen Zeitungsartikel aus dem Jahr 2003. Ihr Name stand im Text, sie wurde als Sprecherin des Regionalverbandes irgendeiner Splitterpartei genannt, von der ich noch nie gehört hatte, aber zitiert wurde sie nicht. Auf dem Gruppenbild war sie zwar abgebildet, aber wegen der groben Rasterung kaum zu erkennen. Ansonsten hatte die Software nur eine Kurzmeldung gefunden, die aus demselben Jahr stammte und auf einen Vortrag »Pro & Kontra Wehrpflicht« an irgendeiner Schule hinwies. Dass sie den Kontra-Part übernommen hatte, war klar. Ich frage mich, ob mein Insider-Wissen in ihren Vortrag eingeflossen ist, ob sie zumindest an mich gedacht hat, während sie vor der Schulklasse stand.

„Warum sagst du nicht einfach, dass du mich nicht mehr treffen willst?", fragt Sandra. Wieder muss ich eine Weile überlegen. „Ich schätze, ich habe einfach nicht den Mumm, aufrichtig zu sein", sage ich. Dann erzähle ich ihr von Paula, ohne genau zu wissen warum. Ich erzähle von den Gespenstern aus meiner Vergangenheit, die lange im Verborgenen lauerten und mich nun erbarmungslos verfolgen. „Ich bin überfordert", sage ich abschließend. Wieder schweigen wir lange. Um mich herum ist es dunkel geworden.

Sandra legt auf.

9

Im Traum saß sie dösend gegen einen Baum gelehnt, ich im Schneidersitz daneben. Ein Marienkäfer landete auf ihrer Schulter – und ich beugte mich zu ihr herüber, um ihn wegzuscheuchen, „krabbel nicht auf ihr herum, sonst wacht sie auf", flüsterte ich. Doch der kleine Kerl ignorierte mich, die Verlockung war zu groß. Verständnisvoll lotste ich ihn auf meinen Zeigefinger, zwinkerte ihm zu und blies ihn in den Sommerhimmel. Dann sank ich zurück ins Gras, spürte die Halme an meinen Armen und Beinen, streckte mich und ließ mir Zeit dabei. Dabei verirrte sich ein breites Grinsen auf mein sonnenwarmes Gesicht. Im Traum erlebte ich einen dieser seltenen Momente grundlosen Glücks, kurzlebig und hell wie eine Sternschnuppe – nicht so warm wie die Sonne, aber dafür kann man sich auch nicht daran verbrennen.

Ich sah sie direkt am nächsten Wochenende. Ich hatte sie angerufen und ihr erzählt, dass meine Dienstzeit fast vorüber war. „Eine Woche noch! Ich kann's gar nicht erwarten, das hinter mir zu lassen." Ich versuchte zu sagen, dass es mir leidtat, wie selten wir uns in den letzten Monaten gesehen hatten, wie sehr ich sie vermisst hatte, aber ich wollte nicht sentimental klingen. Nicht über Vergangenes jammern, sondern lieber nach vorne sehen.

So sehr ich mich auch bemühte, mir das Gegenteil einzureden: Während dieses Telefonats kam Katharina mir fremd vor – fremder als an jenem ersten Abend vor zwei Jahren, als ich bei ihr übernachtet hatte. Einsilbig fand ich sie, wenn auch nicht unfreundlich. Ich bot ihr an, sie Samstagvormittag abzuholen – nach dem Mittagessen wollten wir gemeinsam zu einer Aktion der »Grünen Pinguine« aufbrechen. Sie war einverstanden.

Als ich in ihre Wohnung kam – die Tür war angelehnt gewesen – balancierte sie gerade auf dem Küchenschrank. Sie streckte sich, ihre Hosenbeine rutschten hoch, und schließlich fand sie, was sie suchte: einen Holzlöffel. Mit ihrer Beute sprang sie von der Spüle, knapp an einer offenen Schranktür vorbei. Wir begrüßten uns – flüchtig nur, weil sie sich schnellstens wieder dem blubbernden Topf auf dem Herd widmen musste.

Ich erzählte ihr, dass ich am Hauptbahnhof zufällig Bernd über den Weg gelaufen war. Er studierte jetzt in

Münster und hatte mir Grüße für Katharina aufgetragen – ob sie sich darüber freute, konnte ich nicht einschätzen. „Bernd ist ein Traumtänzer", meinte sie nach kurzem Schweigen. „Leider kann ich eine Schwäche für Traumtänzer nicht leugnen." Mithilfe eines Handtuchs zog sie den heißen Topf vom Herd. „Aber Bernd ist, unter uns gesagt", sie tunkte den Holzlöffel ein, „manchmal auch eine ziemlich trübe Tasse." Den Holzlöffel unter der Nase versuchte sie sich zum Abschmecken durchzuringen. Ich bemerkte bräunliche Flecken auf der Tapete – irgendetwas war kürzlich in dieser Küche explodiert. „Er schätzt dich sehr", erzählte ich. „Aber er konnte dein Tempo nicht halten, hat er mal gesagt." Sie hob überrascht die Brauen: „Das hat er gesagt?", und wagte sich nun doch an das Zeug, das ihr vom Löffel tropfte.

Schneller als ein Fischstäbchen anbrennt, „puuah!!", verwandelten sich ihre Gesichtszüge in eine angewiderte Fratze: „Schmeckt das scheußlich!" Sie schubste den Topf in die Spüle, pustete sich eine Strähne aus der Stirn, „verflixte Kacke", und beguckte sich bedröppelt das dampfende Desaster. „Neulich hab' ich einen Marmorkuchen gebacken und vergessen, Zucker in den Teig zu rühren. Ist das zu glauben?" – „Hätte mir auch passieren können", erwiderte ich, vielleicht eine Spur zu floskelhaft und reflexartig. „Deine Qualitäten liegen eben woanders." Finster funkelte sie mich an, „was denn für Qualitäten? Erzähl doch nicht so einen Quark!", dann ließ sie mich stehen. Fing ja gut an, dieses Wochenende.

Ich betrachtete die klumpige Masse im Topf, kramte einen Kaffeelöffel aus der Schublade und traute mich, das Reste-Ragout zu probieren – fest entschlossen, ihr anschließend zu versichern: Hör mal, das schmeckt gut!

„Ich zieh mich um, dann können wir los", rief sie von nebenan.

Meine Augen tränten. Nach Luft ringend, suchte ich etwas Flüssiges zum Nachspülen – entschied mich gegen die unbeschrifteten Flaschen im Kühlschrank zugunsten des Wasserhahns. „Hilfst du mir?", hörte ich Katharina rufen. Ich schüttelte mich, dem Erstickungstod gerade noch vom Kochlöffel gesprungen, und tastete mich hustend ins kombinierte Wohn- und Schlafzimmer. „Die Flügel passen nicht", erklärte sie, ich kletterte unter der Hängematte durch und näherte mich einer schönen Unbekannten in weißer Strumpfhose und Federkleid. „Albern", schimpfte sie, „geradezu grotesk!" – „Aber nein", erwiderte ich, „sehr stilvoll." Aus Publicity-Gründen hatten die »Grünen Pinguine« entschieden, zur heutigen Protestkundgebung im Federkleid zu erscheinen.

Ein halbes Dutzend Delegationen schwärmten aus, um gegen Legebatterien zu protestieren. Wer Eier essen will, solle bitteschön ein paar Groschen mehr bezahlen und sich für frei laufende Hühner entscheiden – diese Botschaft zu verbreiten, war Ziel der Aktion. Ich landete in der Gruppe, die vor einem Supermarkt in der Nähe vom Stadttor am Eigelstein Posten bezog. Die Zuständigkeiten waren klar: Georg sammelte Unterschriften, Katharina warb neue Mitglieder, und zwei Mädchen, die sich ständig an ihren Federn verschluckten – Karo und Sophie – verteilten Flugblätter. Und ich – „du bist ja kein ordentliches Mitglied", zierte sich Georg – ich spendierte eine Runde Eis.

Zur Belohnung erzählte mir Katharina schleckend, wie die »Grünen Pinguine« zu ihrem Namen gekommen waren: Ihr erstes Projekt war ein groß angelegter

Strickaufruf gewesen – ganze Pinguinkolonien bekamen Pullis verpasst, um sich beim Putzen ihres ölverschmierten Gefieders nicht zu vergiften. „Die Resonanz war riesig!", schwärmte Katharina. „Wir haben über hundert Pullis zusammenbekommen. Stell dir vor!" Es gefiel mir, sie mit einem Mal wieder so aufgekratzt zu erleben, ihre düstere Stimmung war verflogen. „Wusstest du, dass sich jeder Pinguin unverwechselbar vom anderen unterscheidet? Wenn Papa Pinguin am Ende eines Arbeitstages vom Fischfang heimkehrt, findet er seine Pinguinfrau samt Kiddys problemlos wieder." – „Echt?", staunte ich. – „Und das, obwohl Pinguine in Kolonien zu Tausenden brüten! Guck dir bloß das Gedränge auf den polaren Stränden an." – „Klar, in diesem Bildband, den du mir ..."

„Ooh-ho-ho! Halt das mal!" Katharina drückte mir ihr Eis in die Hand, ich folgte ihrem Blick: Ein sanfter Riese, Marke Studienrat, ging ihr mit drei Eierschachteln – Massenhaltung – fröhlich pfeifend in die Falle. Vergnügt blinzelte ich in die Sonne und freute mich auf den ungleichen Kampf: Meiner Einschätzung nach hatte der Riese gegen Katharina keine Schnitte – sobald er stehen blieb, hatte er verloren. Katharina sprach ihn an. Und er blieb stehen. Derweil landete auf meinem Schuh der erste Tropfen von ihrem Kirscheis. „Äh, Katharina ...?" Sie hörte mich nicht, wahrscheinlich hallte in ihren Ohren noch der Gong zur ersten Runde. Ein schattiges Plätzchen wäre jetzt fein – im Supermarkt vielleicht? Der Sicherheitsbeamte, den meine Misere sichtlich amüsierte, wienerte demonstrativ übers goldene Verbotsschild: keine Hunde, kein Eis.

Meine Zungenspitze kribbelte. Sie wusste eine Lösung. Freute sich darauf, über das Eis zu schlecken, mit dem auch Katharinas Zungenspitze Freundschaft geschlossen hatte. Doch trotz der Hitze war ich entschlossen, meine moralische Integrität zu wahren.

Die Pflastersteine zu meinen Füßen sahen inzwischen aus, als hätte ich Nasenbluten, Katharinas Schleckspuren auf der Kirschkugel waren längst aufgeweicht. Jetzt tropfte es auch noch unten aus der Tüte, perfekt, eine signalrote Eisspur kroch über meine Hose und ich hatte keine Hand frei, um sie zu stoppen. Herrje, das war aber auch ein aggressives Eis! Ich rang mich zur Selbstverteidigung durch, versuchte aber, nur die Lippen zu benutzen, meine Zunge da rauszuhalten, dann war es nicht ganz so intim. Derweil ließ auch mein eigenes Eis sich gehen. Ich arbeitete hart, schleckte um mein Leben.

Als ich zwischendurch mal zu den beiden rübersah, lachten sie. „Ja, am Tigris vielleicht", hörte ich den Eierkopf sagen, und Katharina war begeistert. Musste eine Mordspointe gewesen sein. Sie hatte ihn mit Broschüren zugeschmissen, jetzt deutete er mit dem Kinn auf seine Sakkotasche – ein Kugelschreiber steckte dort, den sie nun herauszog, um etwas zu notieren. Danach ging das Geplänkel weiter, Katharinas Federn raschelten im Hauch vorbeiwehender Passanten. Schließlich steckte sie den Stift zurück – höchste Zeit, ich hatte schwerste Verluste zu beklagen. Die Hände voller bunter Prospekte, winkte der Riese zum Abschied. „Ein Lehrer", erklärte Katharina, als sie wieder vor mir stand. „Vielleicht", fuhr sie fort, „können wir an seiner Schule eine Aktion machen, die haben bald Projekttage – er will uns anrufen und ... He, was ist mit meinem Eis passiert?!"

Immerhin: Der Waffelboden war noch übrig. „Ich habe die Kontrolle verloren", verteidigte ich mich. „Na, das passiert nun wirklich selten", erwiderte sie augenzwinkernd, „dass du die Kontrolle verlierst! Du lieber Himmel, lass das nicht einreißen!"

200 Unterschriften schafften die »Grünen Pinguine« an diesem Tag – ein neuer Rekord! Das musste gefeiert werden, und zwar mit einem Abendessen bei Sophie. Wir versammelten uns in ihrer Küche und halfen alle bei den Vorbereitungen.

„Bei der nächsten Aktion bin ich übrigens nicht mehr dabei", sagte Katharina plötzlich. Alle sahen überrascht auf. „Aber das macht nichts", fügte sie hinzu. „Ohne mich seid ihr genauso gut. Ihr seid ein eingespieltes Team." Sie hatte auf der Arbeitsplatte gesessen, jetzt rutschte sie herunter und schnappte sich die Sprudelflasche vom Tisch.

„Aber wir haben fest mit dir gerechnet", maulte Georg. Mit ihrer Sprudelflasche wanderte Katharina zum Küchenfenster. Mit dem Rücken zu uns trank sie ein paar Schlucke. Sophie erklärte Karo: „Von den Pilzen brauchst du nur die Stümpfe abzuschneiden, geputzt sind die schon", während sie fachmännisch den Teig für die Galettes anrührte. Letzten Sommer in Bordeaux hatte sie einen Koch kennengelernt, aber bei der Zubereitung von Galettes hatte sie bisher immer nur zugesehen – „ich garantiere für nichts!", hatte sie uns gewarnt.

„Also, was ist nun?", meinte Georg. Er klang gereizt. „Die nächste Aktion ist im September, bis dahin ist nicht mehr viel Zeit." Streng sah er in Katharinas Richtung, aber sie stand immer noch am Fenster und rührte sich nicht. „Im September bin ich nicht mehr hier", sagte sie ruhig. „Schon wieder eine Weltreise?", fragte Karo.

Mit den Tomaten war ich fertig, also schnappte ich mir ein Stück Küchenrolle und putzte mir die Hände ab.

„Du kannst mit dem Lauch weitermachen", bat mich Sophie. „Oh, da fällt mir ein: Den Lauch müssen wir vorgaren." Ich nickte: „Alles klar."

Endlich drehte Katharina sich wieder zu uns um: „Keine Weltreise, nein. Ich ziehe weg." Sie setzte sich auf den freien Stuhl neben Karo und half ihr mit den Pilzen. „Habt ihr noch ein Messer?", fragte sie. Sophie deutete auf den Schrank unter der Spüle, Georg holte ein Messer heraus und reichte es Katharina. „Wie, du ziehst weg?"

Katharina schnappte sich eine Handvoll Pilze. „Zu meiner Tante nach Nürnberg. Ihr kennt doch meine Tante – die mit dem Hotel, ich hab' euch von ihr erzählt. Ich helfe im Hotel und suche mir von da aus einen Job." In der heißen Pfanne brutzelte das Fett. Karo wunderte sich darüber, dass sich der Teig wie Haferschleim zog: „Ist das richtig so?" Die Fachfrau nickte. „Und dein Studium?", wollte Georg wissen. Katharina zuckte mit den Schultern: „Breche ich ab. Schätze, ich muss mich neu orientieren!"

Ich war froh, dass ich mich auf meinen Lauch konzentrieren konnte. Plötzlich war ich traurig, auch wütend, aber vor allem war ich enttäuscht. Enttäuscht, weil ich mir gewünscht hätte, dass sie mir unter vier Augen von ihren Plänen erzählt. Waren wir nun befreundet oder nicht? Von den Gesprächen um mich herum bekam ich nicht mehr viel mit.

Vor allem hatte ich Angst, sie aus den Augen zu verlieren. Ich dachte: Wenn jetzt dauerhaft mehrere hundert Kilometer zwischen uns liegen, ist es nur eine Frage der Zeit, bis unser Kontakt endgültig einschläft. Mit dem Schmerz, den ich bei dieser Aussicht empfand, konnte ich nicht umgehen. Ich konnte nichts sagen und ich konnte sie nicht ansehen, sonst hätte ich wahrscheinlich losgeheult.

„Du verschwendest dich", sagte Georg. Nur Karo sprang für Katharina in die Bresche: „Sie muss das selbst wissen. Außerdem ist das eine Übergangslösung – oder, Katharina?" Katharina guckte uns an. In diesem Moment sah ich zum ersten Mal von meinem Lauch auf. Aber ich konnte ihren Blick nicht lesen. „Es gibt keinen Grund, mir ein schlechtes Gewissen einzureden", sagte sie. „Und außerdem: Dass ich mich aus der Vereinsarbeit zurückziehe, habe ich schon lange angekündigt." Georg stand auf: „Ach, darum geht's doch nicht", und verließ ohne ein weiteres Wort den Raum.

Später begleitete ich Katharina zum Bahnhof, wo sie ihr Fahrrad gelassen hatte: „Vor ein paar Tagen waren wir zu Fuß am Rhein spaziert", erzählte sie, „und dann hatte ich keine Lust mehr, es zu holen. Fast bis Langel sind wir gelaufen – das war so eine milde Sommernacht, herrlich!" Sie klappte den Ständer ein, öffnete das Schloss.

Es war ein trauriges Abendessen gewesen, Georg war zwar zurückgekommen, hatte aber während des ganzen Essens keine drei Worte gesprochen. Auch Katharina war für ihre Verhältnisse geradezu wortkarg gewesen. Irgendwann war sie aufgebrochen und ich hatte mich ihr angeschlossen, Georg war sowieso längst weg, nur Sophie und Karo waren noch geblieben.

„Nächsten Samstag rufe ich dich an", versprach Katharina. „Spätestens Sonntag." Ihren Rucksack klemmte sie auf den Gepäckträger. Der Himmel war dunkel, aber die gelben Bahnhofslichter tauchten alles in ein grelles, ungesundes Licht. „Sonntagabend", setzte sie nach. „Allerspätestens." Lächelnd nickte ich.

„Du lächelst?"

Sie würde anrufen, natürlich. Und nach ihrem Umzug würden wir uns schreiben oder telefonieren. Und irgendwann würde unser Kontakt abbrechen. Einfach so. Nicht sofort nach ihrem Umzug. Aber bald.

Mit schiefgelegtem Kopf musterte sie mich: „He, alles klar?" Was sollte ich sagen: Sie hatte ihre Entscheidung getroffen. „Wann ziehst du nach Nürnberg?" – „Nicht so bald. Frühestens in sechs Wochen."

Ich betrachtete meine Füße, aber was wussten die schon. Die kannten ja nicht mal den Weg. Ich nahm all meinen Mut zusammen und sah sie an. Dann fragte ich: „Sind wir Freunde?" Gemessen an dem, was ich wirklich dachte, war das eine simple Frage. Ich rechnete mit einem reflexartigen, amüsierten „na sicher". Stattdessen lehnte sie das Fahrrad zurück an die Laterne, widmete sich ganz mir. Und nickte: „Ja, sind wir. Und ich bin stolz darauf." Aber ich war entschlossen, es ihr nicht leicht zu machen. Ich schaffte es, sie weiterhin anzusehen. „Warum?", fragte ich.

Aus ihrer Stimme hörte ich ihr Lächeln, ein vertrautes Lächeln, das sich in ihre Mundwinkel grub, frei von Spott oder Belustigung: „Das willst du wissen, hm? Also gut ... Zum Beispiel redest du nur, wenn du was zu sagen hast. Das gefällt mir. Allen anderen Leuten, die ich kenne, fehlt dazu die Disziplin. Mich eingeschlossen." Ich wollte widersprechen, aber sie stoppte mich: „Musst nicht protestieren. Danke trotzdem." Ich bemerkte eine Amsel, die tapfer gegen die Nacht ansang, wohl verwirrt vom hell erleuchteten Bahnhof. Jetzt wartete sie, lauschte auf eine Antwort. Doch es kam keine, sie war allein.

„Weißt du, Frederick ... Du musst einfordern, woran dir was liegt", sagte Katharina. „Sonst kommst du zu kurz." Lustlos zuckte ich mit den Schultern. „Wie, einfordern? Was denn?" – „Wenn du etwas wirklich willst", verdeutlichte sie, „darfst du dir von keinem reinpfuschen lassen. Du darfst keine Angst haben." Energisch schüttelte ich den Kopf. „So einfach ist das nicht", antwortete ich, „und das weißt du." Sie schüttelte den Kopf, „nein, weiß ich nicht", und in Gedanken erklärte ich ihr, was ich alles wollte, aber nicht konnte, wonach ich mich sehnte, was nicht erreichbar war. Ich erklärte, dass sie mich auf eine Eisfläche geführt hatte und mich nun dort stehen ließ.

Leider hörte ich mich nur sagen: „Du bist auch nicht so frei, wie du immer tust."

Mit einem Mundwinkel lächelte sie – eher ein Schmollen als ein Lächeln. „Stell dir vor, das weiß ich." Dann schloss sie ihr Fahrrad wieder ab. Nahm ihren Rucksack und kehrte mir den Rücken zu.

„Bist du jetzt sauer?", fragte ich. Ihre Antwort verstand ich nicht. Sie ging einfach weg. Richtung Bahnhofshalle. Ich überlegte kurz, dann folgte ich ihr. Sah sie in der Bahnhofshalle nicht gleich. „Katharina?" Sie hatte auf mich gewartet. Aber kaum hatte ich sie entdeckt, drehte sie sich wieder um und marschierte weiter. „He!", rief ich, aber sie blieb nicht stehen. Keine Ahnung, was sie vorhatte. Ich holte sie ein, trottete hinter ihr her. Irgendein Typ hielt mir einen Pappbecher unter die Nase, wollte Kleingeld, aber dafür hatte ich nun wirklich keine Zeit. „Einen Groschen nur! Gib dir 'nen Ruck, Junge." Um ihn loszuwerden, kramte ich in meiner Hosentasche, fand nur einen Heiermann – Mann, hatte dieser Typ ein Glück! „Tausend Dank!" Ich legte einen Sprint ein, schon wieder hatte ich Katharina aus den Augen verloren. Ich blieb stehen, wirbelte einmal im Kreis herum, entdeckte sie nirgends. „Das kann ja wohl nicht wahr sein", murmelte ich.

Dann sah ich eine Feder. Nur eine einzige ihrer schneeweißen Federn, die ziellos trudelnd in einer Limonadenlache kleben blieb ...

Dem Schaffner war langweilig. Gähnend schritt er den Bahnsteig ab, die Arme hinter dem Rücken verschränkt, den Blick auf die Anzeigetafel geheftet. Viel Zeit blieb uns nicht mehr. Ich stand am Fenster, Katharina saß hinter mir. Ich riskierte einen Seitenblick zu ihr. „Setz dich doch", sagte sie ungerührt und klopfte auf einen der freien Plätze. Wir hatten das Abteil für uns allein.

Ich schüttelte den Kopf: Nein, meine Liebe, ich steige nicht als Erster aus. Ich nicht. Wenn du den Mumm hast, hier eiskalt sitzen zu bleiben, dachte ich, dann bleibe ich ebenfalls. „Hast du ein Ziel?", flüsterte ich. „Hast du Geld für Fahrkarten?" Für diesen halbherzigen Versuch, unser Abenteuer vorzeitig zu beenden, hatte sie nur ein schwaches Lächeln übrig. Ich warf einen weiteren Blick auf die Bahnsteiguhr: Gerade klappte die Minutenanzeige um – 60 Sekunden blieben uns noch. „Katharina? Hör mal, vielleicht wäre es doch besser, wenn wir aussteigen. Nichts gegen spontane Spritztouren! Aber der Zeitpunkt ist einfach ungünstig."

Als ich sah, wie der Schaffner seine Taschenuhr herauszog, sprach ich schneller. „Ich muss mich morgen früh wieder in der Kaserne melden. Wenn ich zum Appell nicht dort bin, suchen sie mich. Verdammt, das ist meine letzte Woche Grundwehrdienst, diese Scherereien müssen doch nicht sein!" Der Schaffner steckte die Uhr wieder weg, beschleunigte seinen Schritt. „Es tut mir leid, was ich vorhin gesagt habe", ich sprach jetzt so schnell, dass ich mich fast verhaspelte, „von wegen, dass du auch nicht so frei bist, wie du immer tust ... Aber das hier", ich lachte nervös, „das ist doch albern!" Der Schaffner stand jetzt an der offenen Waggontür, „Katharina", ich trat direkt vor sie, „dieser Zug hält erst im Ruhrpott wieder. Hörst du mich überhaupt?"

Katharina atmete tief ein, sah mich an, endlich, und dann erhob sie sich langsam. „Tja, vielleicht hast du recht, vielleicht war's eine Schnapsidee." Und in dem Moment blies der Schaffner in seine Pfeife und die Türen knallten zu. Katharina plumpste mit bedauernder Miene zurück in ihren Sitz: „Schade, zu spät." Der Schaffner schwenkte seine Kelle, es ruckelte und der Zug setzte sich in Bewegung.

Ich kam mir vor, als hätten wir dieses Spiel gespielt, wo man sich gegenseitig in die Augen guckt und derjenige verliert, der zuerst blinzelt. Nun hatten wir beide gewonnen. „Was soll das?", fragte ich. „Willst du irgendwas beweisen?"

„Höchstens, dass du tun und lassen kannst, was du willst. Dein Gejammer wird mir manchmal echt zu viel. Du kannst nichts ändern? Natürlich kannst du was ändern. Du kannst alles ändern. Du allein! Außerdem habe ich dich zu nichts gezwungen, ich habe noch nicht mal versucht, dich zu überreden. Richtig?"

Sie erhob sich, zog die Abteiltür auf und guckte auf den Gang hinaus. „Entschuldigung?", fragte sie unvermittelt einen beschlipsten Scheitelträger, der gerade seine »Financial Times« im ledernen Köfferchen verstaute und erschrocken aufsah. „Wohin fährt dieser Zug?" – „Öh ... Nach Kopenhagen", erwiderte der Mann. „Schönen Dank!" Katharina zog die Abteiltür wieder zu, raunte mir verschwörerisch zu: „Wir fahren in den Norden." – „Aha." – „Du willst hoffentlich nicht so lange lamentieren, bis die Nordsee in Sicht kommt, oder?" – „Nein, ich will zum Schaffner gehen und Fahrkarten kaufen." – „Gerne", meinte sie und machte es sich bequem, indem sie ihre Sitzlehne in Schlafposition brachte. „Allerdings müsstest du mir das Geld vorstrecken." – „Ich habe nur noch das Wechselgeld von dem Eis vorhin." – „Tja, dann ..."

Sie legte die Füße hoch und schloss die Augen. Der Zug hatte mittlerweile die Stadt verlassen, auf offener Strecke beschleunigte er auf volle Fahrtgeschwindigkeit. „Wenn der Schaffner kommt", flüsterte sie, „stell dich einfach schlafend. Mir fällt schon irgendwas ein. Fährst du zum ersten Mal mit dem Zug ins Ausland?" Ich gab auf.

Draußen zog das schlafende Land vorbei. Eine Weile rechnete ich noch herum, bis wann es theoretisch möglich wäre, zurückzufahren und den letzten Nachtzug Richtung Kaserne zu erwischen. Als wir den Ruhrpott hinter uns ließen, hörte ich auf zu rechnen – die Sache war aussichtslos. Noch nicht einmal krankmelden konnte ich mich, denn dazu musste man persönlich beim Kasernenarzt vorstellig werden.

„Die Fahrkarten, bitte!"

Ich zuckte zusammen. Prima, jetzt war Katharina diejenige, die friedlich schlief. „Ich ... äh ..." – „Sie sind doch in Köln zugestiegen?" Ein hilfesuchender Blick zu Katharina, aber die war weit weg. Im Schlaf waren ihre Lippen leicht geöffnet. „Sie hat die Fahrkarten", flüsterte ich. „In ihrer Hosentasche. Warten Sie, ich wecke sie." Entsetzlich, wie souverän mir diese Lüge über die Lippen ging. Ich machte Anstalten, ihre Schulter zu packen, setzte darauf, dass der Schaffner mich daran hindern würde. Aber er sagte nichts, wartete nur. „Wir fahren bis zur Endstation", setzte ich eins drauf. „Ich könnte später mit den Karten zu Ihnen kommen." Er zögerte. Katharina räkelte sich – jetzt werd' bloß nicht wach, dachte ich.

Gespannt betrachteten wir sie, aber sie schlief weiter. Im Schlaf seufzte sie leise. Der Schaffner nickte. „Sie sehen ehrlich aus", sagte er. Fast hätte ich geantwortet: Mann, sind Sie leichtgläubig. „In Bielefeld wechselt das Zugpersonal. Zeigen Sie Ihre Karte dann einfach meinem Kollegen." Ich lächelte – und schämte mich. „Sie haben mein Wort", warf ich weitere Kohlen ins Fegefeuer und wünschte ihm: „Schönen Feierabend!" Leise verließ er das Abteil.

Im Morgengrauen wachte ich auf, weil Katharinas Kopf im Schlaf zur Seite gekippt war. In unserem Abteil war es warm geworden, wir waren immer noch allein, ich schwitzte, wagte aber nicht, mich zu rühren. Ich spürte ihr Gewicht, ihre Wärme. Während ich ihr krauses Haar betrachtete, das ihr linkes Auge verdeckte, lauschte ich dem gleichmäßigen Schienengeratter. Die Fahrgeräusche übertönten ihr Atmen, aber manchmal, wenn sie besonders tief Luft holte, spürte ich einen Hauch an meiner Wange. „Warum bist du nicht frei?", fragte ich stimmlos. Der Zug fuhr weiter, immer weiter, und ich konnte den Moment nicht festhalten. Niemand kann das. Draußen wurde es heller, aber ich wurde nicht klüger.

Wie bin ich hierhergekommen? Und wer bin ich überhaupt? Ich fürchte, ich hab's vergessen.

Nichts ist umsonst: Ich erlebte den schönsten Sonnenaufgang meines Lebens, doch ich hatte einen steifen Hals, einen widerlichen Geschmack im Mund und konnte mich kaum noch wach halten. In Hamburg waren wir ausgestiegen und mit der S-Bahn zum Fischmarkt weitergefahren. Es war gerade sechs Uhr morgens, auf dem Markt herrschte Hochbetrieb. Katharina bequatschte einen Obsthändler, sich auf eine Wette einzulassen: Wenn sie innerhalb einer halben Stunde fünf Säcke Äpfel verscheuerte, kriegten wir einen sechsten als Provision. Das sollte unser Frühstück sein. Der Händler setzte sich auf das Trittbrett seines Lkw, zündete sich eine Zigarette an und guckte auf seine Uhr.

Inzwischen wusste mein Spieß, dass ich nicht zum Antreten erschienen war. Wartete vielleicht noch, ob aus dem San-Bereich eine Krankmeldung einging, bevor er die Feldjäger informierte. Spätestens heute Mittag würde die Suchmeldung rausgehen. Fahnenflüchtig, und das nur eine Woche vor Dienstzeitende – ein schöner Schlamassel!

Schlaff sank ich aufs Pflaster, lehnte mich mit dem Rücken gegen einen Blumenkübel. Ich staunte darüber, was um mich herum alles verkauft wurde. Ich hatte immer gedacht, auf einem Fischmarkt bekäme man hauptsächlich Fisch. Aber hier gingen auch Jogging-Anzüge über die Theken, Spielsachen und Keramik-Nippes. Ich blinzelte krampfhaft, spreizte die Zehen – das sollte helfen gegen Müdigkeit, hatte ich irgendwo gelesen. Derweil bequatschte Katharina einen Touri mit Sonnenbrille und Fotoapparat. Treffer! Nicht nur, dass er einen Sack Äpfel kaufte, nein, er machte auch gleich ein Souvenir-Foto von Katharina. Während er Bares aus seinem Brustbeutel holte, klemmte er sich einen Apfel zwischen seine strahlendweißen Hauer.

Katharina winkte mir mit den Geldscheinen zu und ihre Aufmerksamkeit goss helleres Licht über mein müdes Haupt als die Morgensonne – dabei gab diese nun wirklich ihr Bestes. Trotzdem schlief ich ein. Als ich die Augen wieder aufschlug, war die halbe Stunde vorbei. „Wette verloren", sagte Katharina, zog zwei Äpfel hinter ihrem Rücken hervor, „aber die haben wir trotzdem gekriegt", erklärte sie, „weil ich drei Säcke geschafft hab' – immerhin", sie drehte sich um und rief dem Händler zu: „Danke nochmal", dann polierte sie ihren Apfel und biss hinein. „Komm, da hinten ist ein Brunnen." Sie zerrte mich vom warmen Pflaster. „Jetzt machen wir dich erst mal richtig wach, sonst verpennst du diesen herrlichen Tag!"

Kurz darauf fand ich mich auf der Ladefläche eines Lieferwagens wieder. Wir rumpelten über eine Straße mit Kopfsteinpflaster – ich musste mich am Geländer festhalten, um nicht runterzupurzeln. „Jetzt ein Glas Wasser!", brüllte ich zu Katharina, denn wir saßen in der prallen Sonne, auch Katharina hatte Schweißperlen auf der Nase, und ich hatte das Gefühl, meine Lippen seien aus Pappe. „Von mir aus auch Hustensaft", brüllte Katharina zurück, „Hauptsache eisgekühlt!"

Bevor wir auf den Lkw geklettert waren, hatte sie sich eine Telefonzelle gesucht und Georg von den »Grünen Pinguinen« angerufen. „Weil die Überweisung für unsere Büromiete heute rausmuss", erklärte sie mir nun. „Außerdem wollten wir Transparente für eine Kundgebung malen", sie guckte in die Landschaft, ihr Haar flatterte im Wind. „Man könne sich einfach nicht auf mich verlassen, hat er geschnauzt." Sie verschränkte ihre Arme vor der Brust, ich grinste: „Stimmt doch, oder?" Sie grinste auch und verpasste mir einen Haken.

Zum ersten Mal, seit wir unterwegs waren, kam mir in den Sinn: Vielleicht sollte ich meine Eltern anrufen. Es erschreckte mich, dass ich nicht schon eher daran gedacht hatte. Spätestens morgen würden die Feldjäger bei ihnen vor der Tür stehen und dann würden sich die beiden Sorgen machen. Ich beschloss, gleich morgen früh anzurufen – sofern wir dann überhaupt noch unterwegs wären.

„Verflixt, ist das eine Hitze", sagte ich. Doch ich sagte es zu leise – Katharina hörte mich nicht. Ein Schweißtropfen rann über ihre Schläfe. Ich für meinen Teil war nass bis auf die Haut. Ich kam mir vor wie ein Fasan, der gerade schonend gegart wird.

Nach einer guten Stunde Fahrt hielt der Transporter in einer ziemlich einsamen Gegend neben einer Hof-Einfahrt. Wir sprangen von der Ladefläche, und der Fahrer zeigte uns, in welcher Richtung der Bus nach Schwerin abfuhr. Katharina war eingefallen, dass sie jemanden in der Gegend kannte – wahrscheinlich kannte sie in jeder Gegend jemanden – und hatte vorgeschlagen, dort auf einen Überraschungsbesuch vorbeizuschauen. Ich hatte nichts dagegen, ich hatte ja keine besonderen Pläne. Außer meine Haftstrafe wegen Fahnenflucht anzutreten.

„Ihr könnt auch noch zum Essen bleiben", meinte der Lkw-Fahrer, als wir schon zum Abschied winkten. „Es gibt Fisch – der reicht für alle." Der Mann hatte auf dem Großmarkt Vorräte für seinen Laden eingekauft – offenbar war er selbst einer seiner besten Kunden. Katharina und ich sahen uns kurz an. Wir hatten es nicht eilig, also folgten wir ihm.

Hinter dem Holztor verbarg sich ein gemütlicher Hof: Hühner liefen frei herum, auf einer Mauer schlief eine Katze, und auf den Wiesen hinter der Scheune, von der Straße nicht einsehbar, grasten Kühe und Schafe. Ich rümpfte die Nase – aber bloß, weil ich mir auf der Ladefläche einen ordentlichen Sonnenbrand gefangen hatte.

Eine freundliche dicke Frau, die keine Fragen stellte, gesellte sich zu uns. Dann brachte der Lkw-Fahrer einen Haufen Sardinen. „Jens!", rief die Frau und ein kleiner Junge kam aus der Scheune gelaufen. Der Mann fragt uns irgendwas im hiesigen Dialekt, aber Katharina verstand ihn nicht. Er illustrierte, was er wollte, indem er mit dem Zeigefinger über sein Brustbein strich und dann so tat, als würde er seine Rippen aufklappen. „Oh, den Fisch ausnehmen?", fragte Katharina, ein wenig pikiert. Er nickte und zeigte es uns, schlitzte einer Sardine in Windeseile den Bauch auf, von der Mitte bis unters Maul, entfernte die schwabbeligen Gedärme und legte sie auf eine Untertasse. „Jetzt ihr!" Damit gab er Katharina den blutigen Schnitzer und deutete auf die restlichen Sardinen. „Treffer", sagte sie, schluckte und machte sich an die Arbeit. Währenddessen spritzte die Frau ihren Jungen mit einem Gartenschlauch ab – er quiekte vor Vergnügen und spritze zurück. Papa kümmerte sich derweil um die Einkäufe und bat mich, ein paar Stühle aus der Scheune zu holen. Kein Problem: lieber Klappstühle holen als Fischdärme sortieren. „Sieht sehr souverän aus", lobte ich Katharina, bevor ich mich verdrückte – „und macht einen Riesen-Spaß", schnappte sie zurück.

Die Hühner wiesen mir den Weg. Als ich keuchend mit den ersten zwei Stühlen zurückkam, wurde der Junge gerade zum Trocknen aufgehängt. „Ziehst du mir mal den Träger hoch?", bat mich Katharina, denn von ihrem Oberteil hatte sich der linke Träger verabschiedet. Ließ sich nicht vermeiden, dass ich dabei ihren Oberarm und ihre Schulter streifte. „Danke", sagte sie und lächelte kurz, bevor sie sich wieder den Innereien zuwandte. „Klar doch", erwiderte ich heiser.

Die Sardinen schmeckten ausgezeichnet. Warum ich allerdings auf tausend Gräten herumkaute, während selbst der kleine Junge keine einzige zwischen seinen Milchzähnen herauszog, war mir ein Rätsel. Vermutlich reine Übungssache. Katharina war noch nicht zurück, sie desinfizierte sich gerade. „Zur Bushaltestelle", sagte der Lkw-

Fahrer und zeigte durchs Tor über die Felder, „könnt ihr auch eine Abkürzung nehmen. Den Trampelpfad dort hinten, siehst du? Am Weiher links, dann kommt ihr wieder auf die Straße. Auf diese Weise spart ihr zehn Minuten." Ich nickte und bedankte mich für den Tipp. Die Frau sagte: „Schön, mal Besuch zu haben. Hier kommt nicht so oft jemand vorbei." Das war ihr einziger Gesprächsbeitrag während des gesamten Essens.

Mit hochgestecktem Haar kam Katharina aus dem Haus zurück. „Ich stinke schlimmer als zwanzig Matrosen", sagte sie, nahm neben mir Platz und beäugte skeptisch die Sardine auf ihrem Teller. Ich wünschte einen Guten Appetit.

Der Bus nach Schwerin fuhr erst in zwei Stunden. Die Frau des Lkw-Fahrers hatte uns heimlich ein paar Euro zugesteckt, so dass wir uns sogar Fahrkarten leisten konnten. Der Busbahnhof bestand aus einem flüchtig zusammengenagelten Windschutz. Um die Wartezeit zu verbummeln, streunten wir über die Felder. „Weißt du, wie eine Räuberleiter geht?", fragte Katharina. „Dann mal los, ich steige dir jetzt aufs Dach!" Wir standen vor einem prächtigen Kirschbaum. Sie schlüpfte aus ihren Turnschuhen, packte meine Schultern und kletterte auf meine gefalteten Hände. Dann wuchtete sie sich hoch – ich hörte, wie sie rüttelnd einen Ast testete, anschließend setzte sie einen Fuß auf meine Schulter.

„Kommst du dran?", fragte ich. Und schon zog sie sich hoch, ich reckte die Schultern und guckte ihr nach. „Fang!", rief sie und ehe ich kapierte, was sie damit meinte, prasselte mir eine Handvoll Kirschen auf den Kopf. „Entschuldige", lachte sie, „das war keine Absicht!" Ich hielt mein T-Shirt auf, die nächsten Früchte gingen mir in die Falle. „In Deckung, jetzt komme ich runter!", warnte mich Katharina und landete direkt vor meinen Füßen.

Wir spazierten zu dem Weiher, den der Mann erwähnt hatte, um dort unsere Ernte zu verzehren. Katharina entdeckte eine Bank, vor der ein Tisch mit aufgemaltem Schachbrett stand. Bestimmt kam hier so gut wie nie jemand vorbei – zu versteckt lag dieses Plätzchen, fast verborgen von blühenden Sträuchern und Obstbäumen. Aber Katharina entging nichts.

Sie spuckte einen Kirschkern ins Unterholz, ich war noch satt vom Fisch, aber Katharina hatte nur eine einzige Sardine runterbekommen. „Vor ein paar Jahren war ich mal in Irland – als Austausch-Schülerin", erzählte sie. „Meine Gastmutter hat mir zum Mittagessen eine Riesenportion Erbsen auf den Teller geschaufelt. So richtig dicke, grüne Erbsen. Dabei hasse ich Erbsen! Aber ich hab' mich nicht getraut, was zu sagen, außerdem wusste ich gar nicht, wie Erbsen auf Englisch heißen. Also hab' ich mir diese ekligen, widerlichen, dicken, grünen Erbsen reingezwungen." Sie nahm sich ein letztes Kirschenpaar. „Und dann, halt dich fest, als ich es fast geschafft habe, legt sie nach! Vielleicht wollte sie die Schüssel leerbekommen – oder sie hat gedacht, sie würde mir damit eine besondere Freude machen, weil ich die erste Portion anstandslos verputzt hatte." – „Oh je. Und weiter?" – „Nichts. Ich bin aus der Küche gerannt und hab' es gerade noch aufs Klo geschafft. Na ja, hat keinen Sinn, sich zu irgendwas zu zwingen!"

Ich blieb auf der Bank sitzen, Katharina streifte umher, sie suchte und sammelte irgendwas. Ihre Beute – Beeren, Blätter und Zweige – breitete sie auf dem Schachbrett aus. „Also, pass auf: Das hier ist der

Turm, das die Dame, das der König. Und das hier, das sind die Bauern. Alles klar?"

Wir spielten schweigend. So viele Fragen wollte ich ihr stellen, aber ausgerechnet jetzt fiel mir keine ein. Katharina verscheuchte eine Gewitterfliege. Ihre Haselnuss schlug meine Stachelbeere. Da die Haselnuss einen Haken schlug, musste sie ein Springer sein. Aber was war dann die Walnuss? Mit meinem Kastanienblatt erlegte ich ihre Pusteblume. „Geht nicht", bedauerte sie, „der Turm kann nur vorwärts und seitwärts." – „Wieso der Turm?" – „Das Kastanienblatt." – „Ah!" Also musste die Dame ... „Das Grasbüschel ist die Dame?" Sie nickte. Dann hatte ich wohl gerade die Dame in Schach genommen.

Nachdenklich blinzelte Katharina ins Leere. Ich dachte an Bernd, den »Traumtänzer«, und versuchte mir vorzustellen, was für ein Pärchen die beiden abgegeben hatten. Und ich versuchte mir vorzustellen, was Katharina und ich für ein Pärchen abgeben würden. Dieser Gedanke kam einerseits unvermittelt, andererseits hatte er schon lange in der Luft gelegen.

„Woran denkst du?", fragte Katharina. Ich fühlte mich ertappt. Bei dieser Frage hat man nichts zu gewinnen: Egal ob geistiger Dünnschiss oder intimste Sehnsüchte – beides möchte man nicht einfach so auf den Tisch legen. Aber schwindeln wollte ich auch nicht.

„Meine Dame welkt", bemerkte Katharina gähnend und pustete meinen König vom Tisch. „Schachmatt", grinste sie. „He", protestierte ich, „fast hätte ich gewonnen!" Jetzt lachte sie: „natürlich", streckte sich auf der Bank aus, ihren Kopf auf meinem Schoß, und ließ ihre Beine baumeln. Ihre Augen kniff sie zusammen, weil die Sonne sie blendete.

Wieder einer dieser Momente, in denen alles stimmte. Vielleicht der schönste von allen. Die Erinnerung an diese Minuten würde ich behalten, solange es mich gab. Hier auf dieser Bank gesessen zu haben, ihren Kopf auf meinem Schoß, ihr Gesicht so nahe: Diese Erinnerung hat niemand sonst, niemand auf der ganzen Welt. Egal wie es mit uns weitergehen würde – für den Moment konnte ich sagen: Du hast alles richtig gemacht. Alles. Denn du bist jetzt hier.

„Wo müsstest du eigentlich jetzt sein?", fragte sie. „Ich meine, wenn wir nicht faul hier herumlägen." – „Phh", keine Ahnung, „im Büro wahrscheinlich." – „Und was würdest du dort machen?" So 'ne Frage kann nur ein Zivilist stellen. „Na, nichts!" Sie lachte leise: „Also dasselbe wie hier." Ich dachte: Dieser Moment hier, das ist doch nicht »nichts«. – „Und du?", fragte ich. Sie richtete sich auf und sah mich an: „Ich säße jetzt beim Zahnarzt. Kein Witz! Der denkt bestimmt, ich hätte Schiss, weil ich den Termin hab' platzen lassen. Und weißt du was?" Sie streckte sich gähnend, ich konnte ihren Bauchnabel sehen. „Recht hat er!" – „Wenn du den Termin nachholst", bot ich an, „begleite ich dich", und das meinte ich todernst. Lachend erwiderte sie: „Und wenn er bohren will, dann beißt du ihn? Nee, lass mal, das kriege ich schon hin. Bin ja schon groß!"

Hin und wieder wehte eine Brise, dann rauschten sanft die Blätter und das Wasser des Weihers kräuselte sich. Katharina stand auf. Ihre Zehen hinterließen Abdrücke auf der staubigen Erde. „Hast du das schonmal gemacht?", fragte ich. Sie drehte sich zu mir um und hob fragend die Brauen. „Ich meine, einfach so in irgendeinen Zug zu steigen ..." Ich wollte wissen, ob unser Erlebnis etwas Besonderes war. Ob ich jemand Besonderes für sie war – oder ob ich nur zufällig zur richtigen Zeit verfügbar gewesen war.

Ein angedeutetes Schulterzucken. „Ein Frust-Impuls, weiter nichts. Andere Frauen kaufen sich neue Schuhe oder einen Eimer Pralinen. Einmal habe ich mir die Haare abgeschnitten, aber das ist schon lange her."

Jetzt lief sie zum Ufer, wo gerade eine Entenmutter mit ihren Jungen vorbeischwamm. Hinter Katharina, wo sie eben noch gestanden hatte, richtete sich ein plattgedrückter Löwenzahn triumphierend wieder auf.

Abends standen wir bei Beate vor der Tür. Sie freute sich riesig und umarmte Katharina eine volle Minute lang, offenbar hatten die beiden sich lange nicht gesehen.

Beate hatte Besuch, aber wir holten einfach zwei Stühle aus dem Wohnzimmer und setzten uns dazu. Ich genoss es, dazuzugehören. Auch wenn ich die anderen nicht kannte und nicht viel sagte. Es war nicht nötig, viel zu sagen.

Oliver war Kommunikationsmanager. „Das heißt, du machst Werbung?", hakte Katharina stirnrunzelnd nach. „Nein, ich bin Kommunikationsmanager." Sie nickte. „Weile an dieser Quelle!", meinte er. – „Wie bitte?" – „Der Slogan ist von mir. War eine Kampagne für ein Sprudelwasser. Obwohl ich eigentlich eher Biertrinker bin. Richtig temperiert ein edles Getränk!" Katharina guckte erstaunt: Seit geraumer Zeit wärmte Oliver eine geschlossene Bierflasche zwischen seinen Schenkeln. „Sieht eher so aus", bemerkte sie, „als wolltest du's auf Körpertemperatur bringen." Beate erklärte, dass ihr Flaschenöffner leider unauffindbar sei und beim Versuch, die Flasche mit einem Messer zu öffnen, sei die Klinge abgebrochen.

„Gib mal her", sagte Katharina und streckte eine Hand nach der Flasche aus. – „Willst du sie mit den Zähnen öffnen? Also, ich sammle dein Gebiss nachher nicht vom Linoleum!" Katharina angelte sich einen Brieföffner von der Arbeitsplatte und hebelte damit den Kronenkorken ab. „Damit hätte ich's auch gekonnt", knurrte Oliver, „aber ich wollte ihn nicht zerkratzen." Katharina meinte: „Die Dinger taugen eh nur für Rechnungen. Liebesbriefe reißt man mit den Fingern auf!"

Draußen zuckten Blitze, Regen prasselte gegen Beates Küchenfenster. Das ging schon den ganzen Abend so. Auf dem Weg von der Bushaltestelle hierher waren wir nass geworden bis auf die Haut. „Werbung machst du also?", vergewisserte sich Leo, der trotz Apfelschorle ein wenig beschwipst wirkte. „Gibt's außer der Sprudelei noch einen Slogan von dir, den wir kennen könnten?" Olivers jüngster Spross: „saftig, süß und stachelfrei" – Slogan für den »Bund Bayerischer Erdbeerzüchter«. Nie gehört.

Donner zerriss die Stille. „Und was machst du?", wollte Oliver von Katharina wissen. Sie erzählte von ihrem Umzug, ihrem Engagement bei den »Grünen Pinguinen«. „Und, äh, was willst du mal werden?", fragte Oliver. Knapp erwiderte Katharina: „Weise und gerecht."

Ich witterte Gefahr von rechts: Leo fixierte mich wässrigen Blickes. „Du sitzt so schüchtern da und sagst gar nix!", stellte er fest, auch Oliver guckte mich jetzt erwartungsvoll an. „War ein langer Tag", erwiderte ich. „Kommunikation", dozierte Oliver, und ich konnte kaum fassen, was er da vom Stapel ließ, „ist das Öl im Getriebe unserer neuen Weltordnung. Die Kommunikationsrevolution, die uns im neuen Jahrtausend bevorsteht, wird die Welt tiefer erschüttern und nachhaltiger verändern als alle Revolutionen, die die Menschheit bisher erlebt hat."

Katharina sagte freundlich: „Bevor es Autos gab, sind Mistverkäufer mit Karren durch die Straßen gezogen. Die haben Pferdehaufen eingesammelt und dann zum Düngen an Bauern verkauft." Oliver konnte zwar nicht folgen, aber verärgert war er trotzdem: „Und?" – „Scheiße düngt. Aber ich fürchte, dein Schäufelchen ist leer." So angriffslustig hatte ich sie schon lange nicht mehr erlebt. Hatte der arme Oliver ihre schweren Geschütze verdient? Schwer zu sagen, jedenfalls ging er Katharina auf die Nerven, und sie hatte kein Problem damit, ihn das spüren zu lassen. Ich für meinen Teil, ich kann es schlecht verknusen, wenn jemand mich nicht mag. Selbst wenn derjenige ein Idiot ist. Ich hatte immer den Eindruck, dass Katharina wesentlich besser damit klarkam, wenn sie jemanden gegen sich aufbrachte. Nicht, dass sie nicht einfühlsam oder respektvoll gewesen wäre – das war sie, aber dabei spielte sie stets mit offenen Karten. Und sie war bereit, notfalls einen Preis zu zahlen: Wer die Wahrheit sagt, muss sich schlimmstenfalls selbst genügen.

Beate lugte zur Tür herein, ein Handtuch turmartig um den Kopf gewickelt. „Bin gleich fertig. Kann ich euch irgendwas bringen?" – „Neue Gäste", rief Oliver, „und die hier ..." – seitlicher Daumenzeig auf Katharina – „... kannst du mitnehmen." – „Aber dann verdurstest du!" Katharina zwinkerte ihm zu und tockte mit einem Fingernagel gegen seine Bierflasche. Beate guckte, als hätte sie kein Wort verstanden, und verzog sich wieder. Oliver trank – zu sagen fiel ihm wahrscheinlich nichts ein – und meldete sich mit einem mustergültigen Schluckauf wieder zu Wort.

Sofort hagelte es kreative Ratschläge: „zehn Sekunden Luftanhalten", „behutsame Gurgelmassage", „Ohren zuhalten und Backen aufblasen". – „Unfug!", meinte Oliver. Ein seriöser Vorschlag kam von Katharina, ausgerechnet, von ihr ließ er sich bestimmt nichts sagen. „Den Kopf auf die Knie legen", riet sie, „und dann schlucken." Er guckte misstrauisch, Katharina versicherte: „Ich hab's selber ausprobiert, das hilft!" Also ließ er sich darauf ein, tauchte hicksend ab – „und jetzt die Hände über den Kopf nach vorne", ergänzte Katharina, „wie beim Startsprung." Das war zu viel, „sehr ... hrks ... witzig!", motzte er und kam wieder hoch, hämmerte mit Schmackes gegen die Tischplatte. Alle lachten, bis auf Katharina: „Das war kein Scherz", sagte sie, „das soll wirklich helfen." Fluchend rieb Oliver seinen lädierten Schädel und wankte aus der Küche.

Draußen platzte eine Regenrinne. Es blitzte noch, aber es donnerte nicht mehr. Frisch frisiert tauchte Beate wieder auf: „Kommt, Kinder, wir singen was!"

Wir gingen ins Wohnzimmer, wo Beate schon die Klampfe bereitgelegt hatte, und versammelten uns auf der Couch. „Spielst du ein Instrument?", fragte mich Katharina. Ich schüttelte den Kopf. Beate meinte: „Dann musst du singen!" Ich weigerte mich, aber sie ließ nicht locker, und jetzt stimmte auch Leo ein – und natürlich Oliver, der gerade aus dem Bad zurückkam und sich immer noch den Kopf hielt: „SIN-GEN, SIN-GEN!!" Es war Katharina, die mich rettete: „Bea, hast du Butterbrotpapier? Dann kann er auf dem Kamm blasen."

Sofort flitzte Beate zur Küchenschublade, fand jedoch nur Frischhaltefolie. „Nee, damit klappt es nicht." Oliver suchte im Kühlschrank und stieß auf eingepackte Stullen. Kurzerhand kratzten wir die Leberwurst vom Butterbrotpapier, entschuppten den Kamm unter dem Wasserhahn, und wickelten das Papier straff um die Borsten. „Pass auf", sagte Katharina, „geht ganz einfach", sie zeigte es mir und übergab mir den Kamm, „alles klar?"

Zurück im Wohnzimmer: Beate, im Schneidersitz auf dem Fußboden, begann zu zupfen. Die anderen lauschten, erst bedächtig, dann irritiert, guckten sich verdutzt an: „Was'n das?" – „Gestern am Gleisdreieck." – „Bitte?!?" – „Kennt ihr nicht?" Also mussten Simon & Garfunkel herhalten, bei solchen Gelegenheiten immer der kleinste gemeinsame Nenner. Katharina hatte sich auf die Sofakante gesetzt und gab, indem sie sich mit der flachen Hand auf die Oberschenkel patschte, den Takt vor. Sie und Beate sangen, beim Refrain stimmte Oliver als brummender Bass mit ein.

Was ich mit dem Kamm produzierte, klang zwar nicht nach Musik, aber es schien sich niemand daran zu stören. Leider fiel keinem die dritte Strophe von »Mrs. Robinson« ein. „NEUES LIED!" Diesmal nahm Katharina die Gitarre. „Du kannst Gitarre spielen?", fragte ich. Sie kräuselte die Nase: „Na ja, in einem früheren Leben." Mein Frisierinstrument wollte keiner haben – egal, solange ich nicht singen musste. Katharina legte los, doch die Saiten wehrten sich und sie produzierte nur schiefe Töne. Oliver wand sich gequält. „Pardon", Katharina spreizte ihre Finger, schüttelte die Hände aus und versuchte es erneut. Nach ein paar Sekunden Warmzupfen schaffte sie eine flüssige Melodie, die mir sogar bekannt vorkam. Erwartungsvoll sah sie mich an, aber ich musste passen, sie verdrehte die Augen, „ts!" – „Ah!", rief ich dann, als ich die Melodie endlich erkannte, und jetzt grinste sie: Natürlich, das war »Carnival« von Jackson C. Frank.

Während sie die ersten Verse dieses stillen, einsamen Liedes sang, erlebte ich einen weiteren Glücksmoment –

der zweite schon innerhalb von 24 Stunden. Zuweilen wird man vom Leben verwöhnt. Leise, auf ihre Fingerspitzen konzentriert, versenkte Katharina sich in die herbstfarbene Gedankenwelt dieses vergessenen Liedes, während draußen noch immer der Sturm tobte. Sicher, ihr stockendes Gitarrenspiel hinkte ihrer warmen Stimme hinterher, Oberbanause Oliver gähnte sogar, aber ich dachte: Wenn ich in fünf Minuten tot umfalle, habe ich wenigstens gehört, wie Katharina dieses Lied singt. Leider brach sie vorzeitig ab, strich sich eine imaginäre Träne aus dem Augenwinkel – die anderen lachten – und übergab die Gitarre wieder an Beate: „Du kannst das besser", entschuldigte sie sich.

Wir berieten, welches Lied als nächstes dran war, aber Leo nutzte die Unterbrechung, um sich zu verabschieden. Oliver verkündete, er habe „einen Mordskohldampf". Ehrlich gesagt, waren auch meine Sardinen längst verdaut. „Um die Ecke hat 'ne Imbissbude aufgemacht", fiel Beate ein. „Wenn's nur draußen nicht so kalt und eklig wäre ... Halt, ich hab's: Lasst uns Streichhölzer ziehen! Dann muss nur einer raus." Oliver holte eine Packung aus seiner Manteltasche, präparierte ein Streichholz hinter seinem Rücken. Dann mussten wir alle ziehen.

„Na gut, wer leiht mir seinen Regenmantel?", erkundigte ich mich. Ich verkleidete mich als Briefträger, ganz in Gelb, und nahm Bestellungen entgegen: viermal Currywurst, fein, das konnte ich mir merken.

Der Laden war tatsächlich nur ein paar Schritte von Beates Wohnung entfernt, ich ging rein und hinter der Theke faltete eine alte Frau gerade ihre Boulevardzeitung zusammen. Unter meinen Füßen bildete sich eine Pfütze, ein stumm geschalteter Fernseher sonderte

Telefonsex-Clips ins Nichts. Ich kam mir vor, als wäre ich von der Party des Jahrtausends geradewegs in die Pathologie gekommen.

„Guten Abend", wünschte ich leise. Die Frau erhob sich und lächelte angestrengt. „Viermal Currywurst", sagte ich. Sie nickte, ein bisschen verzweifelt sah sie aus. Dann angelte sie eine Saftbockwurst aus einer offenen Büchse und rollte sie durch ihre faltigen Hände, um sie zu trocknen. Das Wurstwasser tropfte aufs Linoleum, ihr Goldkettchen klimperte auf dem Schneidebrett, während sie das wehrlose Würstchen mit einem Kartoffelmesser traktierte. Dabei musterte sie mich: Schön, dass endlich ein Kunde gekommen ist, schien sie stumm zu sagen.

Die Wurstwasserprozedur wiederholte sich noch dreimal, dann streute sie die Würstchenstücke auf einen Klappgrill und wartete, bis es dampfte. Aus einem Stahlschrank unter der Theke holte sie Pappschälchen – ich warf einen raschen Blick zum Fernseher, sah zwei kopulierende Hasen, sah direkt wieder weg – und während sie unser Essen vom Grill piekte, bildete ich mir ein, sie würde mir zuzwinkern. Zum Schluss spritzte sie Curry-Ketchup aus einer verkrusteten Plastikflasche über unsere Würste. „Heiß", warnte sie, nachdem sie alles verpackt und verschnürt hatte. „Wollen Sie einen Topflappen?" – „Einen Topflappen? Nein, geht. Alles bestens." Und dann forderte sie mich auf: „Rufen Sie uns an!", schob eine Karte über die Theke und ergänzte: „Wir kommen auch zu Ihnen nach Hause."

Zurück in Beates Wohnung, erlebte ich meine 20 Minuten Ruhm: Ich gab die Story vom Currywurstkauf zum Besten und alle lachten. Die Mädchen trugen schon Pyjamas, alle elektrischen Lichter waren ausgeschaltet – „sonst schlägt noch der Blitz ein", hatte Beate erklärt, während ich meine nassen Sachen ablegte und mich über das Kerzenlicht wunderte – und dann hockten wir auf der Couch, aßen uns satt und ich unterhielt die ganze Runde, als wäre ich der geborene Entertainer.

Nach dem Essen machte Oliver sich auf die Socken, „muss ja mal sein", gleich morgen früh stand eine wichtige Telefonkonferenz auf seiner Agenda, „um sieben Uhr morgens – ging nicht anders, wegen der Zeitverschiebung." Zeitverschiebung? „Seine Firma operiert international", raunte Beate. Sie lieh ihm ihre Gummistiefel und den Regenmantel, „kannst du mir morgen nach der Arbeit wiederbringen", und während die beiden sich im Flur verabschiedeten, taperten Katharina und ich mit dem Kerzenständer ins Wohnzimmer, um das Sofa auszuklappen. Ich kam mir vor, als wäre ich in einem dieser altmodischen Gruselfilme unterwegs. Anscheinend ging es Katharina ähnlich, denn plötzlich schnitt sie Grimassen, herrliche Monsterfratzen, die mich zum Lachen brachten, und ich merkte, wie sie sich über mein Lachen freute.

Stunden später war das dumpfe Geplauder der Mädchen aus dem Nebenzimmer längst verstummt. Die Digitaluhr vom Videorecorder zeigte vier Uhr morgens. Ich lag auf der Couch, noch immer wirkte der Tag nach. Eigentlich waren das zwei oder drei Tage gewesen, die Zeit hatte uns vergessen. Ich konnte nicht schlafen und ich wollte auch gar nicht schlafen, weil ich dann bestimmt von Katharina träumen würde – so oft, wie ich sie heute angesehen, so viele unvergessliche Momente, die ich heute gesammelt hatte ... Ich dachte: Alles soll so bleiben. Genau so. So einfach.

Ich schob die Decke zur Seite, die Tropfen am Fenster lockten mich an. Auf dem Gehsteig hatten sich tiefe Pfützen gebildet – eine stilvolle Bühne für ein reges Tropfenballett. Ein wehender Mantel mit Geigenkasten platschte über das schwarze Pflaster. Wo der wohl herkam, nachts um vier? Ich wartete, ob er an der Bushaltestelle stehenblieb, aber im Stechschritt hastete er vorbei, verschwand aus dem Schein der Laternen in eine finstere Gasse. Die Bäume bogen sich, ein nassglänzendes Plakat versprach „Rabatt auf das komplette Bestien-Sortiment", glatte vier Ausrufezeichen war denen das wert.

Ich ging nachsehen, ob unsere Schuhe schon trocken waren, sie klemmten im Flur unter dem Heizkörper. Tatsächlich waren meine warm und trocken, prima, aber Katharina hatte vergessen, ihre mit Papier auszustopfen. Also klaute ich vom Zeitungskorb ein paar alte Prospekte und quetschte sie in ihre Schuhspitzen. Ich zögerte, bevor ich die Schuhe wieder unter die Heizung stellte, fuhr zerstreut mit der Hand über den Stoff. Wie zierlich ihre Füße sind, dachte ich.

„Kannst du nicht schlafen?" Erschrocken fuhr ich herum, Beate stand hinter mir. „Ja, ich ...", stammelte ich. „Das war so ein langer Tag – das schwirrt alles durch meinen Kopf." Beate holte sich die Tüte Saft, die noch vom Abendessen auf dem Tisch stand, „ja, das glaube ich", und trank einen Schluck. „Kennt ihr euch schon lange – du und Katharina?", fragte sie, nachdem sie die Tüte wieder abgesetzt hatte.

Ich kroch zurück unter meine Decke, denn ich trug nur eine Unterhose. „Ungefähr ein Jahr, glaub' ich." Beate gähnte. „Sie ist noch immer so rastlos", meinte sie. „Früher dachte ich, das legt sich irgendwann." Sie trank einen weiteren Schluck, die Tüte röchelte nach Luft. „Wann hat sie sich eigentlich von Hubert getrennt?" Hubert? Ach so, ihr James Dean. „Keine Ahnung. Ich wusste gar nicht, dass ... Was sagst du? Die beiden haben sich getrennt?" Beate nickte. „Wie schade, dass sie ihr Studium abbrechen will", plauderte sie weiter, „ich hab' wirklich gedacht, das wäre was für sie." – „Anfangs war sie begeistert", erzählte ich. „So viele Leute an einem Ort, die alle dasselbe Ziel haben: etwas lernen. Ganz anders als in der Schule!" Beate lachte, nahm einen letzten Schluck Saft. Schweigend lauschten wir dem Regen. Schließlich stellte sie die Safttüte ab und verkündete: „Ich leg' mich wieder hin. Schlaf gut."

„Du auch." Ich überzeugte mich, dass das zerknüllte Papier auch wirklich bis in Katharinas Schuhspitzen reichte, dann legte ich mich zurück aufs Sofa, allmählich im Frieden mit diesem Tag – aber viel zu gespannt auf den nächsten, um einschlafen zu können.

Zweieinhalb Minuten später – so kam es mir vor – spürte ich, wie jemand über meine Nase strich. Ich wuchtete ein Augenlid hoch und sah Katharina, die vor dem Sofa kniete – putzmunter und frisch wie ein Bergsee.

Was machte sie mit meiner Nase? „Wenn ich einen ganz bestimmten Punkt erwische", erklärte sie, „musst du ..." – „TSCHUUU!!" – „ ...niesen. Hey, das klappt wirklich!" Stöhnend sank ich zurück in die Kissen, zog die Decke über meinen Kopf. „Wir gehen joggen", sagte sie und riss die Decke wieder weg. „Und du willst mitkommen." Sie zerrte mich vom Sofa. – „Aber wir frühstücken erst?", erkundigte ich mich. – „Nee, hinterher schmeckt's besser! Es gibt Obst und Joghurt." Träge ließ ich mich in den Flur ziehen, in eine Turnhose stecken und

ins Treppenhaus schubsen. „Verdammt, ist das hell!",
fluchte ich, als uns draußen die ersten Sonnenstrahlen dieses Tages attackierten, erntete aber kein Mitgefühl. Der Regen hatte aufgehört, der Himmel war wolkenlos, der Asphalt schon fast wieder trocken.

Beate lief voraus, dahinter Katharina in einer roten Radlerhose, die sie sich wohl von Beate geliehen hatte. Einige Elstern lachten uns aus, ich ertappte mich dabei, wie ich Gleichschritt zu halten versuchte, und musste mir ins Gedächtnis rufen, dass ich nicht fürs Vaterland hier herumsprang, sondern zu meinem Vergnügen. Wir liefen direkt am Ufer des Schweriner Sees entlang. Tags zuvor, vom Bus aus, hatte ich das Wasser aus der Ferne glitzern sehen.

Eine Kirchenglocke schlug sieben. Wenn ich heute wieder nicht zum Antreten erscheine, dachte ich, schwärmen definitiv die Feldjäger aus. Und dann dachte ich, voll naiver Zuversicht, mit einem Blick auf Katharina: Wenigstens hat mein Schierlingsbecher einen Zuckerrand.

10

Mit links balanciere ich eine Vorratskiste »Sauerländer Bockwürste« auf dem Arm, mit rechts taste ich nach dem Briefkastenschlüssel in meiner Hosentasche. Dazu muss ich mich vornüber beugen, denn heute trage ich die Hose mit den besonders tiefen Taschen, und prompt beginnt es in meinem Kopf zu hämmern und zu pochen: Den ganzen Tag schon habe ich Kopfschmerzen, in diesem Zustand werde ich gern ein wenig weinerlich und so entgleitet mir nicht bloß die Wurstkiste, sondern gleich mein ganzes Leben, zwei Wurstgläser zerschellen auf den Fliesen und das Wurstwasser spritzt bis zum Fahrstuhl und an den Briefkästen hoch. Immerhin habe ich den Schlüssel gefunden.

Mit den Knöcheln meiner freien Hand massiere ich mir die Stirn, dann schließe ich den Kasten auf – man muss ordentlich rütteln, damit er aufgeht, denn das Schloss rostet, heute rüttle ich heftiger als nötig, weil ich mich darüber ärgere, dass nichts funktioniert, aber auch wirklich GAR NICHTS, und als das Türchen quietschend aufschwingt, segelt eine Postkarte von Tina heraus – „Was machen die »Brückentage«? Gib Gas!" – außerdem ein Schreiben von meiner Bank sowie ein Brief, der mir verdächtig bekannt vorkommt: Klar, den hatte ich an das Hotel in Nürnberg geschickt, das Katharinas Tante gehört.

Der Poststempel ist sechs Wochen alt. Seit über sechs Wochen bin ich auf der Suche und alle Spuren sind im Sande verlaufen. Neben dem Stempel »zurück an Absender« hat jemand handschriftlich notiert: »Empfänger verstorben«. Vor Schreck taumle ich einen Schritt zurück, und erst als ich mich auf die Treppenstufen setze, fällt mir in meiner kopfschmerzbedingten Dumpfheit auf, dass der Brief ja gar nicht an Katharina adressiert war, sondern an ihre Tante. Trotzdem dauert es ein paar Minuten, bis ich mich beruhigt habe, diese taktlose Notiz bringt mich völlig aus der Fassung. Ich versuche, meine Erinnerungen zu sortieren: Das Hotel war geschlossen worden, ein paar Monate, nachdem Katharina dort hingezogen war, aber ihre Tante, Mitte 60 mittlerweile, behielt ihre Wohnung im selben Gebäude. Anscheinend bis jetzt. Ich strauchle ins Souterrain, unterwegs sehe ich nach, was meine Bank mir mitzuteilen hat. Wenn es »meine Bank« wäre, denke ich noch, gäb's heute nicht bloß Bockwürste zum Mittagessen. »Herzlichen Glückwunsch, Ihr Sparkonto wird jetzt auf das neue ›Save & Win Basic Plus!‹ umgestellt« Na, wenn das kein Grund zum Feiern ist! Erst als ich den Ketchup aus dem Kühlschrank hole, fällt mir auf, dass meine Würstchen noch vor dem Fahrstuhl liegen.

Heute ist die Premiere meines Theaterstücks. Fremde Menschen werden mit Kennermiene zu meiner feinsinnigen Arbeit gratulieren, mir eine große Zukunft prophezeien.

Nichts dergleichen. Selbst die blitzgescheitesten Pointen ernten keine Lacher – lediglich eine besonders derbe Stelle, die ich zu streichen vergessen habe, bringt ein Kichern aus der letzten Reihe, denn dort sitzen die pubertierenden Kinder der Laienschauspieler. Den einzigen Szenenapplaus gibt es, als Frau Meier-Schulthe ihren Text vergisst und mit einem hysterischen Lachanfall die Handlung komplett zum Erliegen bringt. So was mögen die Leute. Da menschelt's so schön!

Ehrlich gesagt erkenne ich mein Stück kaum wieder: Manche Szenen wurden gestrafft, andere fehlen ganz –

aber das ist gar nicht mal wichtig, denn das Schlimmste ist: Ich begreife plötzlich, warum ich dieses Stück überhaupt geschrieben habe. Ich beobachte das bunte Treiben auf der Bühne, mit lauter fremden Menschen, die nicht so klingen wie die Figuren, die ich mir ausgedacht habe, und die auch nicht so aussehen wie in meiner Fantasie. Mir kommt der fürchterliche Verdacht, dass ich insgeheim versucht habe, meine Vergangenheit umzuschreiben. Was für ein Wahnsinn! Kein Roman, kein Film oder Theaterstück kann die Realität geraderücken, Fragen beantworten, geschweige denn das alltägliche Scheitern nachhaltig erträglich machen. Sollte das meine Absicht gewesen sein, so lerne ich heute Abend: Es ist nur ein Stück. Und es ist nicht einmal besonders bewegend oder lustig. Man kann der Handlung folgen, wenigstens das, insofern ergibt es Sinn. Das ist mehr, als man vom wahren Leben behaupten kann.

Vor dem dritten Akt kommt der Regisseur auf die Bühne, weil er dem Publikum höchstpersönlich etwas mitteilen möchte: „Wem der grüne Kombi draußen in der Einfahrt gehört, der fahre ihn doch bitte rasch weg. Wir warten so lange." Es sind eh nur zwei Dutzend Besucher da, bestimmt Freunde und Verwandte der Schauspieler. Keiner rührt sich. Ich nutze die Gunst des Augenblicks, um mich davonzustehlen. Der Regisseur, geblendet vom Rampenlicht, erkennt mich nicht und ruft: „Beeilen Sie sich, ja?" Ich danke dem Himmel, dass in der Vorankündigung der Lokalzeitung vergessen wurde, den Veranstaltungsort zu nennen.

Spontan beschließe ich, mir bei Frau Ribanowsky meine Yucca-Palme abzuholen. Zu diesem Zweck hatte sie mir ihre Adresse gemailt. Frau Ribanowsky ist nicht zu Hause, aber die Palme steht im Treppenhaus auf einer Fensterbank – das sehe ich von außen. Ich warte, bis jemand das Haus verlässt, dann schleiche ich hinein und hole mir meine Pflanze.

An einem Kiosk will ich mir ein Brötchen kaufen, auf Putenbrust hätte ich Appetit, aber es liegen nur sieben Käsebrötchen in der Vitrine. „Ein Brötchen, bitte", sage ich und deute auf die verschrumpelten Brötchenhälften mit schwitzendem, welligen Käse. „Was für eins?", fragt der Mann. „Mit Käse", erwidere ich. „Bitte?", fragt er nach und ich deute geduldig auf die Käsebrötchen. „Käse!", sage ich. „Ach so, Käse", wiederholt er und ich bestätige: „Käse." – „Einsfuffzich", sagt er dann. Ich lege ihm die abgezählten Münzen auf die Theke und erkläre: „Kommunikation ist immer eine Illusion." Drei Sekunden lang passiert gar nichts, dann nimmt er die Münzen und steckt sie in seine Hosentasche. „Sie wissen, was das bedeutet?", setze ich nach. „Das bedeutet, dass wir allein sind. Alle allein." Er wendet den Blick nicht von mir ab und ich frage mich, ob er antworten, etwas Lebenserfahrung beisteuern wird. „Willst du Mayonnaise?" Ich zögere kurz, dann strecke ich ihm das Brötchen hin: „Bitte reichlich."

Statt nach Hause zu gehen, spaziere ich mit meiner Palme am Rheinufer entlang. Es schneit – der erste Schnee des Jahres. Kauend schlendere ich umher und stelle in Gedanken eine Liste zusammen: Was habe ich alles unternommen, um Katharina wiederzufinden – was bleibt jetzt noch? Ich habe alle Verwandten, von denen ich wusste, zu kontaktieren versucht, und habe keinen einzigen aufspüren können: weder ihren Bruder noch ihren Vater noch eine Cousine, die sie mal erwähnt hatte. Ein paar Freunde habe ich zwar ausfindig gemacht, zuletzt sogar Karo, die damals beim Protest gegen Legebatterien mitgemacht hatte – ihr

Nachname stand in einer Vereinsbroschüre der »Grünen Pinguine«, sie ist unverheiratet und lebt immer noch in der Gegend. Aber von Katharina hat sie seit vielen Jahren nichts gehört. Beate wohnt nicht mehr in der Wohnung, in der wir sie damals besucht haben, und da ich nie Beates Nachnamen erfahren habe, kann ich auch diese Spur nicht weiterverfolgen.

Sämtliche Telefonbucheinträge aller bundesdeutschen Städte auf den Namen »Friedbach« habe ich abtelefoniert: ohne Ergebnis. Sogar mit Katharinas Friseur, der sich mittlerweile ganz der Gastronomie verschrieben hat, habe ich gesprochen. Klar, er erinnert sich an sie, konnte mir jedoch nicht weiterhelfen. Ob sie jemals ihr Studium abgeschlossen hat, konnte ich ebenfalls nicht feststellen.

In der Manteltasche habe ich ein Exemplar von »Ansichten eines Clowns«. Ich werfe es in den Rhein, ich will es nicht mehr. Ich erkläre meiner Palme: „Montag melde ich mich arbeitslos. Ab sofort schreibe ich täglich mindestens drei Bewerbungen. Ich muss nach vorne sehen, die Kontrolle zurückgewinnen, meine Zukunft in Angriff nehmen!" Die Palme äußert sich nicht dazu.

Nur ein paar Schritte, und ich stehe mit meinen Schuhen im Wasser. Die Palme wartet im Trockenen. Bölls »Clown« ist längst untergegangen. Sofort sickert das eiskalte Rheinwasser durch meine Socken, denn meine Schuhe sind nicht wasserdicht.

Manche Träume gehen in Erfüllung, aber wenn es so weit ist, erkennen wir sie kaum wieder, weil sie, bei Licht betrachtet, so anders aussehen als in unserer Vorstellung. Verwundert reiben wir uns die Augen, versuchen uns zu erinnern: Ja, aber ich wollte das doch. Etwa nicht? Doch, schon, aber nicht so ... Vielleicht ist es manchmal besser, wenn ein Traum nicht in Erfüllung geht.

Wäre ich ein Fußballspieler, würde ich mich auf die zweite Halbzeit konzentrieren, darauf bauen, dass mir noch genügend Zeit bleibt, den Ausgleichstreffer zu schießen. Vor allem müsste ich nicht jede Sekunde damit rechnen, dass das Spiel vorzeitig abgepfiffen wird, selbst wenn ich gerade aufs gegnerische Tor stürme, kurz davor, das Glück endlich auf meine Seite zu ziehen. Nein, im Spiel des Lebens kann der Schiri jederzeit die Pfeife zücken, dann ist von einer Sekunde auf die andere alles vorbei, ohne jede Vorwarnung, und am Endstand gibt es nichts mehr zu rütteln: Wir waren und werden nie wieder sein.

Liebe Katharina, wie läuft dein Spiel bisher? Gewinnst du oder verlierst du? Stehst du im Flutlicht oder sitzt du auf der Reservebank?

In einem unserer letzten Gespräche ging es um das Gute und das Böse und die Pflicht, sich einzusetzen für das, was man als »gut« erkannt hat, auch wenn man damit einem Haufen Leute auf die Nerven geht. Unsere letzten Gespräche – in Nürnberg haben die stattgefunden, ein einziges Mal habe ich sie dort besucht. Katharina wohnte noch im Hotel ihrer Tante.

Gerade werkelten wir in der Großküche und wuchteten gemeinsam einen riesigen Topf aus dem Schrank – ihre Tante war übers Wochenende verreist und hatte zwei Gäste unserer Obhut überlassen – da verkündete Katharina: „Hab' ich dir von meinem Entschluss erzählt? Keine Politik mehr." – „Ach!" Erst kürzlich hatte sie sich einer regionalen Partei angeschlossen und sogar für den Stadtrat kandidiert. – „Vor ein paar Monaten saß ich samstagabends in unserer Parteizentrale und hab' die Kasse gemacht. An einem Samstagabend! Du, da gingen mir so zwei bis drei Lichter auf ..."

Ich goss Wasser in den Topf, während Katharina aus einem Wandschrank, in dem eine vierköpfige Familie bequem Platz gefunden hätte, eine Gemüsekiste holte. „Keine Politik mehr?", hakte ich nach. – „Najaaaa ..." – „Aha!" – „Mir sind die Machtkämpfe so zuwider, weißt du ... diese endlosen Verhandlungen, wenn du versuchen musst, irgendwelche notorischen Nörgler – aus der eigenen Partei! – auf deine Seite zu ziehen. Da geht so viel Energie bei drauf und am Ende hast du dich keinen Millimeter bewegt. Irgendein fauler Kompromiss wird ausgebrütet, der kaum was bringt und eher ein Rückschritt ist ..., wo du dich dann fragst, ob du wirklich irgendwem einen Gefallen mit deiner Idee getan hast. Dabei klang zuerst alles so gut!" Sie schnappte sich den Sellerie und begann zu schnibbeln.

„Verrat mir mal: Wann wurde unser Leben so kompliziert? Früher konnte ich die Bösen ganz leicht von den Guten unterscheiden. Die Bösen – das waren zum Beispiel die Kapitalisten, die Faschisten, die Umweltsünder. Na ja ..." Sie kehrte den kleingehackten Sellerie vom Brettchen in den Topf, als Nächstes schnappte sie sich den Schnittlauch – „... und wir waren die Guten, ganz klar. Wir wussten, dass wir die Welt verändern müssen. Wir wussten nicht genau, wie, aber wir waren im Recht, basta. In die Verlegenheit, unsere Theorien einem Realitätstest unterziehen zu müssen, kamen wir nicht." Und, zackzackzack, landete auch der Schnittlauch kleingeschnitten in der Schüssel. „Solange die Feindbilder eindeutig sind, weißt du, was du zu tun hast", mit bloßer Hand kehrte sie die letzten Fitzel von der Arbeitsplatte zusammen, danach legte sie das Brettchen in die Spüle. „Aber irgendwann stellst du fest: So einfach läuft der Laden nicht. Die Grauzone ist viel größer, als du dachtest. Sich einer Partei zu-

zuordnen, in irgendeinem Strom mitzuschwimmen, sich gegen das Böse und für das Gute auszusprechen – damit ist noch längst nichts gelöst. Und an der Stelle wird's kompliziert." – „Hm." – „Warum konnte nicht alles so einfach und überschaubar bleiben?"

Ich beschließe, doch noch zur Premierenfeier zu gehen. Zu Hause ist mir zu viel Radau: Die anderen Mieter ziehen bereits aus, bis zum Abriss bleiben nur noch ein paar Wochen. Tag und Nacht werden Kisten und Möbel durchs Treppenhaus geschleppt, „und zum Einzug in die neue Wohnung kaufen wir uns einen Eierkocher", und sie streichen ihre neuen Wohnzimmer, „ich hab' schon immer von einem roten Wohnzimmer geträumt", wo sie dann auf ihren ebenso gemütlichen wie praktischen Möbeln vor dem Fernseher kuscheln können. Ich werde mich vorübergehend bei meinen Eltern auf dem Dachboden einquartieren.

Mittlerweile fällt der Schnee in dicken Flocken aus dem tiefgrauen Himmel. Selbst hier in der Innenstadt sind alle Wege weiß bepudert. Im Dämmerlicht hocke ich vor den Klingelschildern des Miethauses, in dem die Party steigt, während die Flocken in meinen Kragen wehen und hinter mir der Feierabendverkehr über die ungestreute Nord-Süd-Fahrt kriecht. Ich versuche, auf diesen Klingelschildern den Namen unseres Regisseurs zu finden. Die Klingeln sind nicht beschriftet, doch unser lieber Herr Regisseur hat – vorausschauend, wie immer – seine Klingel gut sichtbar mit einem schwarzen Kreuz markiert. Sofern das seine Klingel ist. Weiß ich nicht, denn es ist ja nur das Kreuz drauf und kein Name. Aber das ist alles keine Entschuldigung, gleich wieder heimzugehen, denn von einem Balkon hoch oben ruft jemand: „Fünfter Stock!"

Woher weiß der, wo ich hinwill? Egal. Wenn ich in meinen 30 Lebensjahren eins gelernt habe, dann: mich nicht mehr zu wundern.

Fünfter Stock stimmt. An der Wohnungstür des Gastgebers hängt ein Schild: »Klingel defekt, bitte anrufen«. Haha, ich hab' aber kein Handy! Also hämmere ich mit Schmackes gegen die Tür, doch die ist offen und ich torkle in den Flur, als wäre das nicht meine erste Party heute.

Es dauert ein paar Minuten, ehe meine Augen sich an das Halbdunkel gewöhnt haben. Ich sehe keinen vom Theater, weder die Schauspieler, noch unseren Regisseur, und das erleichtert mich. Aber wer sind all diese Leute? Ich ergattere ein Schälchen mit Wackelpudding, und das ist gut, denn jetzt habe ich endlich was zum Festhalten. Leider liegen keine Löffel dabei. Unter dem bassigen Gestampfe, das aus den Boxen dröhnt, kommt der Pudding ganz schön ins Schlingern.

Rund 30 Mann sind in diese Wohnung gepfercht, der Raum sieht aus wie ein riesiger Kühlschrank mit bläulichem Licht. Nein, noch ist es warm, aber bald schon wird runtergekühlt, ganz sicher, dann werden zuerst einige ihre Ärmel runterkrempeln, andere den Pullover überziehen, den sie um die Schultern geschlungen haben, bevor dann der Ansturm auf die Mäntel losgeht und der erste feststellt, dass die Tür verrammelt ist, und dann geht allmählich die Panik los, weil die Meute begreift, dass sie auf diesem Vergnügungsdampfer GEFANGEN ist, dass wir alle gemeinsam gefrostet werden. Ich sollte sie warnen. Jemand hier, dem ich etwas zu sagen hätte? Irgendwer? Nur eine einzige Person? Hallo? Haaallooo ...!

Ich erspähe eine Schüssel Kartoffelsalat am anderen Ende des Raumes, vielleicht liegen dort Löffel. Während ich mich durch die Menge kämpfe, sage ich „Entschuldigung" und „darf ich mal?", dabei hört mich eh keiner, ich lächle, als säße ich bei der Sparkasse hinterm Schalter, schiebe Ellbogen beiseite, zwänge mich an Oberkörpern vorbei, an blitzenden nackten Schultern, an Bauchnabelpiercings, Lippenpiercings, Augenbrauenpiercings, jemand brüllt: „DAS IST TOOTAAAL COOL HIER!!", und guckt mir fast den Pudding aus dem Schälchen, ein anderer sagt verächtlich, zum Glück nicht zu mir: „Du aufgebrezelte Zimtschnecke!" Eine turmhohe Brünette mit riesigen Ohrringen reißt mich an der Schulter zurück, deutet auf meinen Pudding, aber ich verstehe NICHTS, sie sagt es nochmal, verflixt, ich sehe, wie sich ihr Mund bewegt, sie wackelt mit dem Kopf vor lauter Anstrengung, ich spüre sogar ihren Atem, verstehe aber kein Wort, also nicke ich, weil mir das zu peinlich wird und ich nur noch weg will, zumal direkt hinter mir eine Frau proklamiert: „Ich hab' beschlossen, mir die Bikinizone wachsen zu lassen!", und das kann man ja durchaus erst mal missverstehen.

Die letzte Hürde ist ein Pärchen, das sich zu nah an den Herd gestellt hat und ineinander verschmolzen ist, seine beringte Hand hängt hinten aus ihrem Haar heraus. Schnell einen Löffel geschnappt und dann nichts wie weg!

Auf einem Tapeziertisch sehe ich ein paar Puddingschälchen, aus denen Flammen lodern. Flambierter Pudding, wie originell! Ich schiebe mir den ersten Löffel in den Mund, den habe ich mir verdient. Während mir das Glibberzeug die Kehle hinunter rinnt, verziehe ich erschrocken das Gesicht: Verflixt, schmeckt das Zeug bitter! Ist das Pampelmuse? Pampelmusen haben doch diesen bitteren Geschmack, oder? Ich bin der Einzige hier, der einzige Fremdkörper, der einzige, der sich nicht unterhält. Der einzige, der Pudding isst. Fast warte ich darauf, dass die Musik verstummt, mich alle schweigend anstarren, mit den Fingern auf mich zeigen. Tatsächlich sind einige Blicke auf mich gerichtet, während ich den zweiten Bissen von diesem scheußlichen Pampelmusenpudding in den Mund schiebe. Raus hier, denke ich, ich muss frische Luft schnappen, bevor ich zu halluzinieren beginne. Ich verzichte auf meinen Mantel – würde zu lange dauern, den zu suchen – und strecke die Hand nach der Klinke aus. Auf den letzten Metern erwischt mich doch noch jemand, deutet auf meinen Pudding, „ich weiß", antworte ich stimmlos, „schmeckt nicht besonders", kratze den letzten Rest zusammen und drücke ihm das leere Schälchen in die Hand.

Im Treppenhaus atme ich durch, wundere mich plötzlich, als ich auf etwas Festem herumkaue: Was habe ich denn da im Mund? Ach so, ein Stück Silberfolie – die Puddingschälchen waren nämlich alle mit Silberfolie dekoriert. Ganz hübsch, aber unpraktisch. Ich fummle den Fetzen von meiner Zungenspitze, versuche ihn loszuwerden, aber das ist wie mit Heftpflastern in Comic-Büchern: Wenn jemand auf Seite eins so ein Ding am Finger hat, wird er das bis zum Finale nicht los, nur dass es mittlerweile unbemerkt an seinem Kragen klebt. Ich hole weit aus und schleudere meinen Arm mit besonders viel Schwung ... in ein weiteres Pärchen, das prompt zu Tode erschrocken auseinanderstiebt wie zwei Karnickel. „Entschuldigung, hab' euch nicht gesehen." Beide sind ziemlich außer Atem, sie hält entschlossen seinen Zeigefinger umklammert und das rührt mich – ich habe den Eindruck, die haben sich wirklich gern. „Nichts für ungut", murmele ich und schlendere den Flur entlang, mein Magen grummelt, so was Blödes, das ist bestimmt der Pudding, und plötzlich entdecke ich eine Luke, die wahrscheinlich zum Dach führt, und direkt daneben eine Leiter. Ich klettere hinaus, statt eines Fluchtimpulses treibt mich jetzt eher Neugier voran, zwischendurch muss ich pausieren, weil mein Magen sich zusammenkrampft, mir sogar der Schweiß ausbricht, seltsam, aber nach ein paar Sekunden ist es vorbei.

Jetzt zittere ich wie vorhin der Wackelpudding vor der Lautsprecherbox. Nur dass es hier oben auf dem Dach völlig still ist. Es schneit immer noch. Die Autos stecken fest, sie haben Navigationssysteme und beheizbare Sitze, aber wenn es ordentlich schneit, können sie keine zwei Meter mehr geradeaus fahren – über Köln bricht niemals der Winter herein, wer hier Schneeketten mit sich führt, ist ein unverbesserlicher Pessimist, der wahrscheinlich auch glaubt, der Dom wird niemals fertig. Aber jetzt schimpfen und fluchen sie, lautlos, weil der Schnee selbst ihre Obszönitäten dämpft, ich sehe, wie sie aus ihren Gefährten kriechen, die sie im Stich gelassen haben, aufstampfen, gestikulieren, telefonieren, weil sie doch wichtige Termine haben, sie können doch nicht einfach so hier herumstehen und den federleichten Flocken nachträumen.

Seit meiner Geburt wohne ich in dieser Stadt. Aber sie fühlt sich anders an als früher. Nicht bloß weil sie anders aussieht, weil überall Dönerbuden stehen oder modernere Straßenbahnen fahren, es viele Läden und Cafés nicht mehr gibt, all die schönen Kinos geschlossen wurden, nein, die Stadt fühlt sich anders an, weil meine Perspektive sich verändert hat. Meine Erwartungen an das Leben, meine Träume. Diese lärmende, dreckige Stadt ist eine schlecht verheilte Wunde.

Durchs Schneetreiben entdecke ich die Domspitzen. Zu viel Schnee in zu kurzer Zeit – es braucht verblüffend wenig, um diese eitle Millionenstadt innerhalb nur einer Stunde komplett lahmzulegen. Meine Stadt. Trotz allem ist das meine Stadt, und dieses plötzliche, unerwartete Heimatgefühl tröstet mich so sehr, dass mir vor Rührung die Tränen kommen.

Genau in dem Moment brüllt hinter mir ein Typ: „Springen Sie nicht!" Ich drehe mich um. „Hatte ich nicht vor, wie kommen Sie darauf?" Ich wische mir eine Träne weg und sehe, dass das ein Feuerwehrmann ist, der da steht. Jetzt brüllt er schon wieder: „Eh, kein' Scheiß machen, Mann!" Was will der? Was ist los mit dem? Wieso stellt der sich hier aufs Dach und krakeelt herum? Er setzt sogar noch eins drauf: „Wir müssen Ihnen den Magen auspumpen." Ich überlege, ob ich um Hilfe rufen soll, der ist ja offensichtlich nicht ganz normal, da taucht hinter ihm ein Arzt auf. Und unser Gastgeber, der Regisseur – der mich vorwurfsvoll anblökt: „Musst du dich ausgerechnet auf meiner Party vergiften?" Woraufhin der Arzt ihm einen bösen Blick zuwirft und ihn zurück ins Treppenhaus schubst.

Ich verstehe gar nichts mehr. Der Feuerwehrmann macht eine pathetische Geste und versichert mir: „Keine Angst, ich komme nicht näher." – „Können Sie ruhig, ist kein Problem." Aber er traut sich nicht, er sagt: „Setzen Sie sich erst mal und dann reden wir ein bisschen." Nö, setzen will ich mich nicht. Ist doch viel zu kalt. Ich will sagen: „Jetzt verraten Sie mir bitte, was hier los ist!" Aber ich kriege diese paar Wörter nicht heraus, denn von einer Sekunde auf die andere kehren die Magenkrämpfe mit zehnfacher, hundertfacher Wucht zurück. Gekrümmt gehe ich in die Knie. Aus dem Augenwinkel sehe ich, wie der Feuerwehrmann ein Zeichen gibt, dann höre ich Stiefelgetrappel und alle stürmen auf mich zu, beugen sich über mich, zupfen und zerren an mir, ich schwebe, nein, sie heben mich hoch. „Ist doch halb so schlimm ...", würge ich und versuche aufzustehen, aber es geht nicht. Die haben mich festgeschnallt!

Im Treppenhaus sehe ich, wie unser Gastgeber dem Arzt eine ausgedrückte Tube gibt: „Das ist die Brennpaste." Ich grübele: Brennpaste? Die turmhohe Brünette mit den riesigen Ohrringen verrät dem Arzt: „Der hat das gefuttert, als wär's flambierter Wackelpudding!"

Sandra kommt mich im Krankenhaus besuchen, sie hat ihren neuen Freund dabei, dem sie mich als ihren Mentor vorstellt: „Ohne ihn hätte ich das Schreiben längst an den Nagel gehängt. Er hat mich so ermutigt!" Bernd ist auch da und sogar Paula – sie nimmt mir nichts übel, sie hat Blumen mitgebracht und sagt: „Du hast alle Zeit der Welt." Und natürlich ist auch Katharina hier – wie sich erst jetzt herausstellt, ist sie eine alte Freundin von Tina. Eigenartigerweise sieht sie exakt so aus wie auf dem Foto in Sandras Badezimmer.

Seit meinem Besuch in Nürnberg haben wir uns nicht mehr gesehen. Sporadisch gingen noch Postkarten hin und her, irgendwann zog ich um und gab ihr die neue Adresse nicht, ich verschwand einfach. Das war die schwerste Entscheidung, die ich je getroffen habe. Ich habe es so sehr genossen, sie zu sehen, mit ihr zu sprechen, dass ich mit der Zeit immer länger brauchte, um mich nach unseren Begegnungen wieder mit meinem Alltag zu versöhnen. Ich ertrug es nicht mehr, sie nur hin und wieder zu sehen – ich dachte, wenn es ganz aufhört, ist es vielleicht weniger schlimm. Dass wir niemals ein Paar würden, war mir mittlerweile klar, dazu waren wir viel zu unterschiedlich, also beließ ich es bei Andeutungen, Aufmerksamkeiten, die sie stets als Freundschaftsdienste einordnete, vielleicht dachte sie sich ihren Teil dabei, aber gesprochen haben wir über dieses Thema nie – es gab keine Notwendigkeit, ich hatte nie das Gefühl, dass etwas zwischen uns steht. Immer freute sie sich, mich zu sehen, sagte das auch, zeigte es mir, und irgendwann hielt ich diese kontrollierte Nähe nicht mehr aus. Zum Schluss hatte ich Mühe, ihr in die Augen zu sehen, ich hatte Angst, in ihr zu versinken und nie mehr herauszufinden.

Endlich öffne ich meine Augen. Das heißt, ein Arzt öffnet sie und leuchtet mit einer Taschenlampe hinein. Wir sind alleine – keine Besucher weit und breit. Er fragt mich, ob das mein erster Selbstmordversuch war. Ich verneine, denn das war ja kein Selbstmordversuch, aber so hatte er die Frage nicht gemeint, er will wissen, ob ich in therapeutischer Behandlung bin und welche Medikamente ich nehme, ich flehe: „Jetzt hören Sie mir doch mal zu!" Aber er kritzelt bloß auf seinem Klemmbrett herum – ich glaube, der braucht mich gar nicht für dieses Gespräch. Das ist nämlich ein Fachmann.

„Hat mich irgendwer besucht?", frage ich, bevor er geht. „Hab' niemanden gesehen", antwortet er. Aber kurz darauf steckt doch jemand den Kopf zur Tür rein: Es ist Tina. Sie erzählt, der Regisseur habe sie angerufen, er wusste, dass wir uns kennen, und da ist sie direkt gekommen. Wieder kommen mir vor Rührung die Tränen.

Ich beruhige sie, es sei alles ein Missverständnis, „ich bin in Ordnung, wirklich". Ja, die Theateraufführung sei ein Desaster gewesen und, ja, arbeitslos bin ich auch. Aber obdachlos? Nein, bei meinen Eltern habe ich jederzeit einen Platz zum Schlafen. Klar sei das deprimierend, mit über 30 wieder zu den Eltern zu ziehen, aber es sei ja nur vorübergehend. Nein, ich habe keine Ahnung, was ich jetzt machen werde. „Wie du siehst: alles in bester Ordnung", fasse ich zusammen. Wir schweigen betreten.

„Dein Alpenkapitel fand ich sehr schön", sagt sie. Sie hat mit dem Lektorat der »Brückentage« begonnen, obwohl ich bislang nur die Hälfte der vereinbarten Kapitel abgeliefert habe. „So inspirierend, dass ich direkt meine Sebald-Bücher vom Dachboden geholt habe!" Ich gestehe, dass ich Sebald überhaupt nicht kenne. Dass ich bloß im Allgäu war, um den Ex-Freund einer Jugendfreundin aufzuspüren. Wieder bekommt sie diesen besorgten Blick. „Und wie läuft's bei dir so?", erkundige ich mich. Sie zuckt mit den Schultern, „wir haben uns ganz gut arrangiert, finde ich. Man muss Kompromisse eingehen. So ist das Leben." Ich weiß nicht: Ist das Leben so? Muss man sich wirklich damit abfinden, dass Träume nur als Verhandlungsbasis für Kompromisse dienen? Dass nur glücklich werden kann, wer aufhört zu träumen, um sich mit leichter Verfügbarem zufriedenzugeben? All das frage ich, aber es klingt ein bisschen wirr, weil das Zeug, das die Ärzte mir vorhin gespritzt haben, noch immer nachwirkt. Dass ich Tina ständig mit »Paula« anrede, macht die Sache nicht besser.

Sie bietet mir an, bei den letzten Kapiteln für die »Brückentage« zu helfen, „mach dir deswegen keine Sorgen", sagt sie und steht auf. Ich bitte sie, noch zu bleiben, aber sie bedauert: „Tom wartet unten im Wagen. Aber wir telefonieren."

Nachdem sie gegangen ist, starre ich an die Decke. Ich schlafe ein, träume wirr, wache wieder auf, als mich irgendwer durch die Gegend schiebt, vorbei an einem Glaskasten, in dem eine Krankenschwester vor ihrem Computerbildschirm sitzt wie vor einer Höhensonne. Der Pfleger, der mein Bett geschoben hat, baut sich vor mir auf und grummelt: „Du, ich warne dich: Mach keinen Unsinn – hier sind überall Überwachungskameras!" Dann verschwindet er.

Vorsichtig richte ich mich auf, glätte mein zerstrubbeltes Haar, entdecke eine alte Frau, deren Bett an der Wand gegenübersteht und die mich aus großen Augen ansieht. „Guten Abend", sage ich, und sie nickt. Etliche Minuten vergehen, dann fragt sie: „Warum sind Sie hier?" Dafür braucht sie zwei Anläufe, denn beim ersten Mal bringt sie vor Heiserkeit keinen Ton heraus. Ich frage: „Wollen Sie die ganze Geschichte hören?" Wieder nickt sie: „Ich habe Angst. Lenken Sie mich ab."

Also erzähle ich ihr meine Geschichte. Die ganze. Ich weiß nicht, ob sie folgen kann, denn sie macht nicht den Eindruck, als sei sie im Vollbesitz ihrer Kräfte, aber ich berichte gewissenhaft und lasse nichts aus, wir haben ja Zeit, auf einmal werde ich richtig redselig – wortgewaltig philosophiere ich über das Zögern und Zaudern, das unser aller Wege bestimmt, das feige Schweigen, das kluge Schweigen, das Schweigen aus Ratlosigkeit, ich erzähle von Begegnungen, vom ganz alltäglichen Sich-aus-den-Augen-Verlieren, von unverhofftem Wiedersehen, aber auch von der banalen Einsicht, dass es Abschiede für immer gibt, und erst, als ich fast schon fertig bin, fällt mir auf, dass ich noch gar nicht erwähnt habe, warum ich eigentlich hier bin.

Ich bringe die Geschichte zu Ende: „Na ja, ich dachte, es sei Pudding, aber in Wirklichkeit war es Brennpaste." Sie runzelt die Stirn, diese hastige Fußnote hat sie nicht verstanden. Den Rest anscheinend doch. Sie fragt: „Sie wollten sich umbringen?" – „Nein. Da bin ich doch überhaupt nicht der Typ für." Und sie antwortet: „Ich glaube, da ist keiner der Typ für." Und dann sagt sie: „Das Leben kann so schmerzhaft sein – und trotzdem ist es viel zu schnell vorbei."

Wie banal, denke ich. Was für eine blödsinnige Pauschalisierung! Was für ein schlichtes Persönchen. Ich atme tief ein und hole zum Gegenschlag aus: „Sie haben recht. Verflixt nochmal, Sie haben recht."

Tipps für die Zeit nach diesem Buch:

René Klammer
Altenbrak
Eine Reise ins Bodetal

Wie früher in den Ferien fährt Martin zu seinen Großeltern in den Harz. Dort hat sich einiges verändert: Oma und Opa müssen in ein Heim.

ISBN 978-3-943580-02-0
7,80 Euro

Bert Brune
Rheinwärts
Sonntagsspaziergangs-Geschichten
Vom Kölner Süden bis ins Siebengebirge

Mit 17 Geschichten, die Bert Brune auf seinen Sonntagsspaziergängen vom Kölner Süden bis ins Siebengebirge gesammelt hat, lädt der Kölner Schriftsteller zum »Wandern ohne Tachometer« ein.

ISBN 978-3-9812648-4-5
12,80 Euro

Förderverein Haus der Alfterer Geschichte e.V. (Hg.)
Der Vorgebirgsrebell

Wilhelm Maucher (1903–1993)
und der Friedensweg in Alfter bei Bonn

Als »Vorgebirgsrebell«, Brombeerweinproduzent und Schöpfer des Friedensweges in Alfter bei Bonn bleibt Wilhelm Maucher unvergessen.

ISBN 978-3-9812648-9-0
19,80 Euro

Hartmut Hermanns
Auf den Spuren von Georg Herwegh
Ein historischer Wanderführer durch den Südschwarzwald

Folgen Sie den vom Dichter Georg Herwegh und seiner Frau Emma angeführten Revolutionären, die 1848 durch den Schwarzwald zogen.

ISBN 978-3-9812648-8-3
5,95 Euro

Roland Reischl
Einmal Chile
Reisetagebuch auf den Spuren von Auswanderern und anderen Atlantikfahrern

In 26 Tagen reiste Roland Reischl von Köln nach Chile. Sein Tagebuch folgt den Spuren von Auswanderern und anderen Atlantikfahrern.

ISBN 978-3-943580-06-8
14,80 Euro

VOLKER VENZLAFF
VEILCHEN FÜR DIE BODENVASE

Das Dienern, Mobben und Bespitzeln ist Volker Venzlaff zuwider. Seinen Lehrer-Alltag an einem Landgymnasium hat er in einen Krimi gepackt.

ISBN 978-3-943580-09-9
10 Euro (ab März 2014)

Das komplette Verlagsprogramm erhalten Sie kostenlos bei:
Roland Reischl Verlag, Herthastr. 56, 50969 Köln, Tel./Fax: 0221 368 55 4
Internet: www.rr-verlag.de